在一个下霜的寒冷的早晨，

不知什么人把一朵纸水仙花丢进大黑屋别院的格子门里。

虽然猜不出是谁丢的，

但美登利却怀着不胜依恋的心情把它插在错花槅子上的小花瓶里，

独自欣赏它那寂寞而清秀的姿态。

目录

もくろく

伊藤克（萧萧）：中日两国之间的一座桥梁

文洁若

1982年的夏天，正当日本发生修改教科书问题的时候，曾在东京日中学院任教过的伊藤克，应该学院的邀请，发表演说，题目是《中日战争和我》。她通过自身的亲身经历，向在座的以中国语文为专业的日本男女青年控诉了日本军国主义者的罪行。她告诉他们，那场侵略战争使中国受到了巨大的损害，并强调指出，绝不能允许历史重演。演说是以这么几句话结束的：

对各位年轻人来说，中日战争是遥远的过去的事，是发生在你们父母或祖父母那个时代的事，所以你们和那场战争似乎风马牛不相及。我常听到有人说："那是你们成年人干下的勾当，和我们没有关系。"我不能要求你们替父母、祖父母犯下的罪行承担责任……你们在这个学院学习中文，将来准备成为中日友好的桥梁。因此我恳求你们，务必从现在起，对周围的动静提高警惕，以便不让如此令人发指的事端再度发生在你们的时代，你们的子女和孙男孙女的时代。就拿这次的修改教科书问题来说，不知不觉之间，"侵略"一词竟变成了"进入"，军国主义重新抬头了。这是多么危险的事啊，希望你们趁着它还处于嫩芽的阶段，和我们成年人一道把它摘除。咱们同心协力，不让我们当初未能阻止的事再度发生。我祝愿这种精神世代相传，子子孙孙都能实现中日友好。

演讲在热烈的掌声中结束。上了年纪的讲师自不用说，连年轻学生都不断抹眼泪。她相信，这掌声和泪水说明中日两国之间一定能世世代代保持友好关系。

当年12月，这位侨居我国多年的日本文学女翻译家的自传出版了，书名为《越过悲哀的海》，写得真实动人，是一个正直善良的日本女性坦率的自述。

伊藤克于1915年生在东京，十三岁的时候，当医生的父亲去世，遗下的一点财产也被叔叔骗了去。她只好辍学，先后在百货商店、母校淑德高等女子学校、丸之内旅馆做工。当时在日本，大学毕业生尚且失业，像她这样一个年轻姑娘，又怎么养活得了寡母和弟妹呢？正在绝望挣扎时，她遇上了老蔡。老蔡的父亲是华侨，在大阪开餐馆，母亲是日本人。他毕业于大阪帝国大学（现大阪大学）冶金系，一心想把自己的技术献给贫穷落后的祖国。

伊藤克的父亲生前一直向往中国，曾教给她汉语，所以她从小对中国怀有深厚的感情。她嫁给老蔡后，1936年来到中国。“九一八”事变后日本帝国主义者伺机侵吞我国华北，当时中日战争处于一触即发之势。老蔡给她买了几件旗袍，要她冒充在日本生长的华侨，名字也改为鲍秀兰。

日本军国主义者发动全面侵华战争后，她便随着丈夫和其他技术人员，先逃到武汉，后又撤退到重庆。最初，她的心情是矛盾的。譬如当周围的中国人看到日本飞机被高射炮击下来而拍手称快时，她却情不自禁地担心起驾驶员的命运来，心想：说不定那正是自己的弟弟哩，但这种矛盾很快就被她对日本军国主义者的痛恨所代替了。日本投降后，她随丈夫来到鞍钢。东北解放后，她在鞍钢的图书馆当资料员。

中华人民共和国成立后，我国政府教育中国人，不可把日本人民和对中国发动侵略战争的日本军国主义者等同起来，日本人民和中国人民一样，也是战争的受害者。她想到，要让中国人把日本军国主义者和日本人民区别开来，谈何容易。

于是，她决定把日本战后的小说翻译、介绍给中国人。她译的第一篇作品是高仓辉的小说《猪的歌》。译文发表在《人民文学》上后，收到不少读者来信。

同时，她又改用笔名“萧萧”。这两个字取自我国古诗词“风萧萧兮易水寒”，反映了她因日本对中国人民犯下的罪行而感到愧疚的心境。

随后，她又翻译了高仓辉的长篇小说《箱根风云录》和德永直的《静静的群山》第一部。书籍出版后，她应邀到北京，见到了当时人民文学出版社副社长楼适夷、译文社副主编陈冰夷。楼适夷要我看看《静静的群山》的译文质量，我对照原著核对了译文，提出一些误译和漏译。没想到萧萧写了一封长信，对我的工作表示感谢。应该说，萧萧是我几十年的编辑生涯中所遇到的最谦虚和蔼的译者。楼适夷当即约她译《静静的群山》第二部，陈冰夷也表示希望她多译短篇。

回鞍山后，她专心致志地搞翻译，于1955年成为沈阳市作家协会会员。由于她是日本人，她的丈夫老蔡回国后未受到应有的重用。老蔡把怨气发泄在妻子身上，双方的感情破裂了，她只身来到北京。

之后，她和老蔡离了婚。孩子们有的升学，有的工作，也陆续来到首都定居。

一次，某日本杂志的记者对她进行采访，写成一篇通讯，刊载在该杂志上。这样，她才终于和她原以为早已死在战火中的四个兄弟姐妹联系上了。1961年深秋，她只身返回阔别二十五年的日本，和亲人团聚。但她决定把孩子们留在中国。

抵日后，她先后在亚非语言学院、中国研究所中国语研修学校、日中学院教中文，又把我国的长篇小说《金色群山》《军队的女儿》《青年英雄的故事》《高玉宝》以及一些短篇小说译成日文，并在《朝日新闻》和其他日本报刊上发表有关我国的报道和评论，致力于日中友好运动。

1978年8月，签订《中日和平友好条约》的前夕，伊藤克高兴地在《朝日新闻》上发表文章说："日本和中国，说什么也得友好下去。我们和中国的关系是如此深，条约签订后，有义务在每一个人心里灌输日中友好的思想……"

人进入老境，就想落叶归根。萧萧虽然是日本人，她的心却萦回在中国大地上。1980年，我国政府同意她在中国安享晚年。她继续做中译日的工作，并在北京师范大学和北京外国语学院分院执教。三个儿女均已成家，她和当大夫的大女儿住在一起。她唯一的儿子已光荣地加入中国共产党，在丰台某厂当工程师。小女儿是中国儿童艺术剧院的乐队竖琴手。

1982年12月31日，我到伊藤克女士的寓所去看望她，她把刚刚收到的《越过悲哀的海》签上名送给我一本。没想到这一天拍下的照片竟成了我和她唯一的合影。1985年5月间，伊藤克因病在北京溘然长逝。

21世纪，在庆祝中日恢复邦交三十周年之际，我们不会忘记伊藤克——这位在自己七十年的一生中，充当了中日两国之间的一座桥梁的杰出女性。

2002年10月11日

埋没

うもれ木

一

陶器画工入江籁三凭一支画笔能得心应手地画出五百罗汉、十六善神，高耸的楼阁、曲折的回廊；或者在三寸高的香炉和五寸高的花瓶上，画出日本人像或中国人像，有的是元禄[1]时代的风雅姿态，有的梳着神代[2]式的高高的发髻，武士的铠甲惟妙惟肖，贵人的服饰鲜艳华丽；或者在花瓶等的中腰描绘极美丽的翎毛花卉和清雅的高山流水。画意到处风物自成，浓淡合度，色泽鲜明。入江籁三的手艺虽然能博得喜爱洒金画的俗人们的赞扬，但是自己却总觉得不称心，常常放下笔慨叹这个行业的没落。处在这种一提

1　元禄（1688—1704），日本东山天皇的年号。

2　日本传说中由神来统治的时代。

"萨摩"[1]二字，连萨摩产的鲣鱼片都能抬高身价的世界里，制造描金陶器这一行手艺竟一蹶不振。

想当初，在天保[2]时代，苗代河边有一个叫作朴正官的陶匠，曾慨叹当地没有一个制造彩釉陶器的能手，他虽然只是一个十六岁的少年，但是竟鼓足了勇气，极力向官长请求，向藩厅[3]呼吁，结果把两位师匠聘请到坚野来，他跟这两位师匠刻苦学习，辛勤钻研了好几年，到安政[4]初期，终于在田之浦这个地方开设了彩陶窑，在制造彩陶的技术上获得了很大成就。但是，现在虽然生逢提倡美术的盛世，在继承这个行业的东京的两百多名陶器画工中却没有一个人想要认真钻研这种技艺的奥妙，有心把日本技艺的独到手法显示给海外蓝眼睛的洋人。这些人虽然手握画笔临摹学习，心中却充满利欲之念，有的认为所

---

1 日本九州的地名，明治维新时萨摩的诸侯和藩士们曾参加官军积极讨伐德川幕府，因此萨摩人在明治时代威信很高。

2 天保（1830—1843），日本仁孝天皇的年号。

3 明治维新初期，旧幕府诸侯被任命为藩知事，地方长官的办公处称藩厅。

4 安政（1854—1859），日本孝明天皇的年号。

谓“美”就是发财之捷径，甚至有人认为“美”就是指的吉原、洲崎[1]等花街柳巷里的尤物，说什么品川一带也不乏佳丽，于是口中吹嘘，笔下乱画、乱抹一气，脸上还带着得意扬扬的神色，在这种崇尚拜金主义的社会里，什么叫作“佳”，什么叫作“妙”？不过是把交易上的价格当作品评艺术的标准罢了。只有美术店老板爱收买的作品才是佳作珍品，真是岂有此理！而且正因为这样，陶器的交易不得不受那些卖国奸商的操纵，价格一再被他们压低，陶匠们原来就很贫苦的生活又遭到了分外的剥削。可是，他们却仍然糊里糊涂地不觉察，反而认为这不太合算，于是用偷工减料的办法降低成本，粗画乱抹，本来画一个的工夫画出了十个，甚至有人把坐在画架前还没几天的、以瞌睡代替练习的小徒弟们打醒，命令他们描绘轮廓和底稿，乱涂乱抹，也不知道是洒金还是描金，活像擦画具的搌布上的污渍，根本谈不到美，简直给本行丢尽了脸。如果这么下去，恐怕用不了十年他们的作品就会和今户烧[2]的土器做伴，摆在山货铺的门前去

1　吉原、洲崎以及后文的“品川”都是日本东京的妓馆区。

2　日本东京浅草区今户街出售的粗糙的土器。

接尘土！他们并不都是连这个道理都不懂的傻瓜，但是都认为时势如同将要冲破堤坝的激流一样，无法防御，认为还是袖手旁观才合乎处世之道。于是他们只是用手托着下巴，伸着懒腰，糊里糊涂的，没有一点主张，竟把由于自己的不长进所招致的后果当作同地震和雷殛一样的天灾，无缘无故地嚷着："天命！天命！"把一切都归罪于天。老天爷真是冤枉极了。不过，这也难怪，在如今这个社会里，到处都是一些不知罪过的家伙，他们虽然也是蜻蜓洲[1]上数十万子民中的一部分，却压根儿不理会对炊烟旺不旺都要担忧的圣心[2]，把日本国的名誉揉成一团丢进垃圾箱里。"那么，愤慨同行的堕落的我岂不是大傻瓜吗？"籁三又想，"但是无论如何我有我的信心。当初立志要操这个握笔的生计，也是前世注定的。如今即使有人辱骂我是疯子也好，嘲笑我是傻瓜也好，纵然拿来万

1 指日本。据传日本第一代天皇——神武天皇登山眺望时曾说："我国形势宛如双飞的蜻蜓。"因此，后人把日本称为"蜻蜓洲"。

2 据传日本第十六代天皇——仁德天皇为人仁慈，有一回登高楼看见民房炊烟升得不旺，下令免税几年。这里是指一般天皇。

两黄金，也改变不了这个志愿，我要拼命研究技术，在这个把轻佻浮薄的家伙们称作才子的明治时代里，让那些俗人见识见识愚直的价值、钻研的成果和本行的真髓！哪怕在人家眼里一文不值也罢，我一定要烧出我自己认为满意的作品，把奇人入江籁三的名字留在陶艺史上。可惜自己一贫如洗，空怀大志已经好几年了，要是这样蹉跎下去，真不知道何年何月在何物上才能发挥胸中的抱负，这岂不是我毕生的憾事？”

籁三每当想到这里就不由得紧握右手，手腕颤抖，气得几乎肝肠寸断，把满眶热泪往肚里吞。他虽然没把悲愤之情向外吐露，然而不知道是谁给起的外号，大家都管他叫“愤世先生”，他成了茶余酒后的谈话资料，但是，很少有人光顾他的生意。他没有朋友，没有弟子，也没有老婆，只有妹妹阿蝶和他一起生活，住在高轮如来寺前边一个篱笆墙上爬着牵牛花、檐前缭绕着蚊香烟的小房里，过着与团扇结不解之缘的日子。[1]

1 这句话是表示蚊子很多的陋巷破屋的生活。

二

十六七岁的姑娘，连瞧见枯叶落地都会觉得有趣；可是生在穷人家里的阿蝶，春花秋月都会引起她流出辛酸之泪。和她年龄相仿的姑娘们，都在新花样的轻衫上系着一条时兴的腰带，打扮得婀娜多姿，在她们那副仔细端详起来并不怎么标致的尊容上，厚厚地涂上了一层官粉，因此才增加了三分美丽，再加上那个经过一番苦心几次梳卷才蓬起来的鬓发和燕尾儿，乍一看倒像个美人儿似的，如果迎面走过时还会随风飘来一股香水气味。她们打扮得这么漂亮，是准备在黄昏后到神社[1]去许愿，也不知道她们祈求的是什么，恐怕神仙也要大伤脑筋哩！

阿蝶对她们回头瞧着自己的寒碜样儿，虽然并不觉得害臊，但也不怎么高兴，不由得把罩在已经褪了色的长衫下的双肩缩得紧紧的，快步走过她们身旁。路旁的夜市上摆着妇女用品的摊子，阿蝶却一眼也不看，心里想的全是她哥哥的事。她一不求荣华，二不

1　神社是祭祀日本神道的各神、历代天皇与历史人物的地方。

求富贵，只求一件事：如果她将来能走好运，但愿把这个好运让给哥哥，一来可以让他在世人面前显示一下才能，得到一些安慰；二来叫那些平日瞧不起哥哥的同行画工跪在哥哥面前道歉，为去世的父母增光。如果能够这样，那么即使自己穿得比现在更褴褛，用绳子作腰带，也是情愿。她因为有这样的心事，所以每次把绣手绢儿的活计交到铺子里回来的时候，一定顺路参拜那座据说很灵验的白金街的清正公神社。她从来没把这件事告诉过哥哥，假使哥哥听见，可能会丢下画笔叹息："你这样热心艺术，我还远不如你哩！"

阿蝶一边往回走一边挂念着家里，匆匆地迈着步。当她走到一条小胡同时，忽然看见聚着一大堆人，也不知道是有人打架呢，还是捉住了小偷。阿蝶因为怕多事，打算躲开人群绕过去。这时从人群里传出哭哭啼啼的哀求声，阿蝶不由得停住了脚步向人群中探望，原来是一个五十多岁的老婆婆，样子比阿蝶还要寒碜得多，可见贫苦是没有限度的。这个老婆婆也许是落魄了的名门妇女，在那已经有了皱纹的眉目之间还残留着高贵的风度。她好像是依靠摆烤饼摊子过活，跪在放着平底铜锅的小摊子旁边，频频磕头赔罪。对方是一个满脸胡子、面目可憎的三十来岁的家伙，穿着大花的单衣，袒露着胸脯，跺着脚，扯着嗓子大叫大嚷。在这个金钱能使亲人变成仇敌的社会里，说不定他们当初还是很要好的朋友，不会是一生下来就面红耳赤地互相争吵的。有些人在受到别人金钱接济的恩惠时，感激万分，但后来却无力按期偿还。处在这种事事艰难的社会里，他们不履行诺言确是出于无奈。这些人因为自己也觉得难为情，所以往往违背良心，装作不在家，甚至说些自己所不愿意说的谎话来搪塞，一个月又半个月地拖延着，结果还是毫无办法，于是乘着黑夜来到房东的门前拱手而拜，既顾不得情义，也顾不得脸面，来个三十六计走为上策。看来这个老婆婆的遭遇也是这样，她好像怕人听见似的，压低了嗓子小声地分辩着。她究竟有什么难处？从那哭哭啼啼的话语中是听不清的，不过把那些断断续续的一言半句凑起来看，好像是女儿——老婆婆生活的唯一依靠——病在家里，婆婆哀声地恳求对方说："要是女儿病好了，还能想出一些办法来，请你再等些日子吧！"女人的心肠本来是软的，只有穷人才知道穷人的痛苦，阿蝶听到这些话觉得好像是自己的事情，不由得对那个男子的蛮横感到非常气愤。那个男子蛮不讲理地说：“虽然连利钱都抵不住，先把这个烤饼摊子给我再说吧！”老婆婆边作揖边哀告地说：“如果把这个摊子拿走，从今天起我和女儿就没有吃的了，请你可怜可怜吧！”但是那个男子却狠狠地打了老婆婆那正在向他作揖、求他开恩的手。这时候阿蝶气得浑身发抖，心想：“这个家伙真可恨！看样子他自己并没有什么困难，吃得肥头大耳的，没有一点病。难道他不了解老婆婆带着病人过日子的艰难困苦吗？他不是魔鬼就是夜叉，要是我有钱的话，真想用钞票打他的耳光，从他手里救出老婆婆来呢。可恨的是自己力不从心，即使倒空钱包也无济于事。多气人啊！多可怜啊！”

阿蝶气得不知如何是好，回顾左右的人群一再叹息，心想哪怕一个也好，在这么多的人里也应该有个同情老婆婆的人。正在这时候，有个男子几乎擦着阿蝶的肩膀，毫不犹豫地大步走进人群里。阿蝶还没有来得及看清他，这个男子已经站在那个正在大吵大嚷的胡子脸跟前，一手拉住他正在挥动的胳膊，望着他微微一笑。看热闹的人们都不禁一愣，大家的视线马上集中在这个男子的身上。这个男子是个二十八九岁的青年绅士，微露出了怀表的金链。按他的外表风度，不知说他温和好呢，还是说他优雅好，总之，他有说不出的令人敬重的地方。他一面回顾老婆婆，一面用客气的口吻对胡子脸说："我是过路人，不知道底细。不过，她是一个妇女，尤其是因为上了岁数，可能有时候无意中得罪人。你瞧，她在拼命地给你赔罪呢！马路边儿是容易引起大家议论的地方，要是带洋刀的老爷[1]来了，你也有点儿失身份吧？怎么样？看在我的分儿上原谅她吧！"绅士温和地劝告那个胡子脸。

"干吗？外人少管闲事！要是赔罪能值钱的话，这件事早就解决啦！你如果愿意听，我可以把不答应她的原因告诉你。我是她的大恩人，把房子租给她两三个月了，使她免于露宿在外。没有想到这个老鬼后来又花言巧语地借去我五块大洋钱。我借给她钱当然是为了生利得好处。当时约定二分利，哪怕是天塌

1 指警官。

地陷也好，死了独养女儿也好，并没说过可以延期还钱，也没说过可以打折扣。现在干吗这样哭哭啼啼，东拉西扯地不肯还债？善心也要有个限度，这个摊子虽然不够抵利钱，但是得一点儿是一点儿。现在我把这个破摊子收过来，不能算是不讲理吧？”那个胡子脸带着嘲笑的口吻，恶狠狠地说，样子实在令人可憎。

青年绅士听罢，哈哈大笑道：“原来是拿钱就能解决的事情啊？这太容易啦！虽然你说我是外人，不过俗语说：‘四海之内皆兄弟’，我来替她还债好啦。”他摸摸钱包，拿出了一张五元的钞票和一块银圆，仍然和颜悦色地说，“这些钱虽然不够抵债，不过今天我只带出这点儿来。你是让她住上几个月房子的大恩人，这回也对她开开恩吧！”

这时候，人群里有个爱夸张的男子小声替那个青年绅士吹嘘说：“别看那个绅士表面上是一副温和相，要是那个家伙不答应，说不定会抡起他白嫩的拳头，把胡子脸打得稀烂呢！”

胡子脸把钱抢过来揣进怀里，又从怀里掏出了好些借契，把用许多人的眼泪写成字句的纸片翻来翻去，最后找出一张写着老婆婆名字的借契说：“瞧！确确实实还给你啦！依我说，这几个臭钱哪够还债呢？不过总比一个子儿不拿强些，这回就这样算了吧！老婆子可占了不少便宜啦！找到这样好的靠山，以后可以借到不要利息的钱了。虽然是别人家的事，我可担心这位慈善家的下场呢！”

胡子脸冷笑一声，掸掸衣服上的尘土，既不道谢也不红脸，推开人群扬长而去。奇怪的是大地并未从他脚底下裂开，也没有一块石头把他绊倒。

那个年轻的男子没听完老婆婆感谢的话，就赶紧拦着说：“这点小事不值得一提。刚巧我怀里有几个钱，才帮了你的忙。要是没有，还不是跟你一样为难吗？人的盛衰本来是世间的常事，等到你发财的时候，我再找你去讨这份人情，在那以前你欠着我的好啦！我也不是什么有名的人物，用不着把名字告诉你。”

那个年轻的男子推开了老婆婆拉着他的衣袖的手，悠然地离去。大家目送他的背影，觉得好像他的身上发出了光彩。

三

入江籁三自从十三岁那一年开始拿起画笔以来，到现在已经整整十六年了，他始终如一地钻研陶画。他虽然把富贵看作浮云一般，但是总丢不下求名之心，因此在胸中经常燃烧着欲望之火；这个欲望使他心里不能平静。不过，要想让他对别人逢迎，除非是脱胎换骨。他是宁死不肯向人低头的。因此，大家都叫他“老顽固”。这样一来，他更感到烦闷，更痛恨这个和他不相容的社会，只好背着人作些壮语，聊以自慰地说：“藏在这只胳膊里的是什么？等着瞧吧！在我得志的时候你们就会明白的！”但是，只有妨碍他进行钻研的“穷困”做了他唯一的伴侣，不知道所谓得志的时候哪年哪月才会到来，当他想到他那和弥勒[1]出世一样渺茫的前途时，常常急得心如刀割，彻夜不能合眼。

有一天，籁三又挨过了一个通宵辗转不能入睡的

1 佛教信徒认为弥勒是在五十六亿七千万年以后才能临凡的佛，又称慈氏菩萨。

夜晚，一大清早就爬了起来。一看，院里的野草还顶着露珠。不知道他为什么想起了已经故去的师傅，突然想去上坟，于是顺手摘下了几枝开在篱笆旁边的夏菊花，阿蝶叫他稍等一等，他也不理睬，不等吃早饭就匆匆地出了门。师傅的坟地在距离他家不远的伊皿子台街的泉岳寺内，籁三沿着泉岳寺的绿油油的嫩竹篱笆走去，当他嘎啦嘎啦拖着粗笨的木屐走过那条还残留着笤帚的痕迹、洒过水的凉爽的小胡同时，觉得衣服底襟缠在脚上很是讨厌，于是毫不在乎地撩起了底襟，赤裸裸地露出了两条腿。籁三的身材不高不矮，面孔长得也不太难看，皮肤黝黑，颧骨高高的，高鼻梁，闭着嘴，两只眼睛炯炯有神，令人害怕，呈露出一副郁郁寡欢的神色。他身穿萨摩地方出产的蓝色旧单衣，系着一条白色兵儿带[1]。从他的外表看来，好像有一肚子怨气无处发泄似的；他右手拿着几枝夏菊花，脸上倒带有几分温和的神色。在他看来，映入眼帘的一切东西都是研究陶画的对象。这时

1　原文作“兵兒帯”，是男人或小孩系的用整幅布捋成的腰带。

候，在路旁的人家，有一个身穿米泽亮纱[1]衫、系着黑缎子腰带、皮肤白皙、身材苗条的美人，倚在格子门前，在芙蓉面上淡施脂粉，油黑的发鬓上佩戴着华丽的头饰。籁三一看，不禁连声称赞道："真美！真美！"心里想："如果能把她的爱美之情用在我的陶画上该有多好！假使能这样的话，岂不是我的一个艺友吗？"他一边想一边呆呆地盯着对方。那个美人喊了一声："啊呀！这个人多可怕！"就跑进门里去了。籁三胡思乱想讨个没趣，自己也觉得很无聊，于是连头也不回又向前走了五六步。这时候一个三岁左右的男孩迈着小步跑了出来。这个孩子穿着一件花背心，背心上的花样是篱笆上点缀着几朵变种的菊花。籁三看到孩子穿的这件背心，心里又想："如果把这个花样利用在这次顾客订制的香炉上，那该多好呀！人家要的花样是红叶，可是画花样的是我这只手，那还有什么客气，我可不愿意受人家支使！"籁三除了师傅的话以外从来不听别人的意见，虽然现在贫困，却仍然不肯屈就别人。正因为他是个老顽固，所以他妹妹

1　日本米泽地方出产的亮纱。

阿蝶每天不得不为柴米油盐之类的琐碎家务操劳。籁三想到这件事，就觉得自己没有资格在妹妹面前摆出哥哥的架子来。籁三又想：“可是阿蝶也好像认为是时运不佳，并没有埋怨我。这也是当然的，如果运气来了，总有一天会称心如意的。将来让阿蝶坐着黑漆包车，出入于自己的大公馆，被人尊称为夫人，也算不了什么稀罕事。哎！比起住大公馆，倒是替她找个仪表非凡的好女婿更要紧。”籁三想到这里，无意中抬起头来。一看，眼前耸立着刚才所想象的大公馆，门旁庄严地挂着一块牌子，上面写着“筱原辰雄”四个字。籁三想：“这是多么阔气的公馆啊！房主人是什么人物？是什么身份呢？如果他是个爱国的志士，那么我把日本固有美术的没落和我们画工的困苦情况向他说明，他一定肯资助我们吧？”籁三竟然把自己的梦想寄托在一个陌生人的身上，也没有想到这种想法是多么愚蠢可笑。籁三在胡思乱想中，信步走上了土坡，穿过了寺门。和尚们也许都在贪睡，听不见念经的声音，真是清静寂寞的境地。早晨的凉风掠过松梢，迎面袭来，使人感到分外清爽。他绕过了佛堂，向后院坟地走去。当他走过放着一些水桶的井台旁边时，突然听见有人喊道："入江先生，请稍等一下。"

籁三觉得这个声音很耳熟，回头望去，只见一个男子急忙跑到他的跟前，一声不响地俯伏在地上。籁三吃了一惊，猜不到是什么人，只是站在那里发呆。那个缩着身子伏在籁三脚下的男子开口道："你忘了我吗，还是不肯跟我说话呢？你是正人君子，我真没有脸面见你，不知道说什么好；不过，我现在已经彻底悔悟，改邪归正了，我不想向你作对我有利的辩解，只是想赎罪，想对人忏悔以往的罪过。但是，直到今天我也没有找到一个能把我的心事告诉给他的人。我和你是师兄弟，是老朋友，我认为这件事只能求你帮助！"那个男子连头也不抬地拼命哀求说。

俯伏在地上请罪的那个男子清楚地露出了耳朵后边的两颗黑痣，虽然他的装束和过去不同，但是籁三一看就知道他是新次。籁三在想："他是故去的师傅最宠爱的、打算将来收为义子的门生，有一次他假借购买材料骗取了一大笔钱逃跑了，此后一直不知下落，连师傅临终的时候他也没在身旁。想不到这么个畜生现在还逗留在这个地方，叫的是哪门子师兄弟？

真是太不知好歹了。”籁三气得竖起眉毛，瞪起眼睛，发作了他素来的暴躁脾气，连对方的分辩也听不下去，于是大声喝道：“别啰唆，我可不爱听！如果是师兄弟的话，那就应该和亲兄弟一样，我做兄长的应该有话对你说，有事要问你，还要骂你！但是我俩是陌生人，我压根儿不认识你。我籁三是尊重清白的，希望你别管我叫‘老朋友’什么的，这种称呼我听着不顺耳！你赶快走开！我要趁着花里的露水还没干以前供在师傅的坟前，表示我一点儿敬意，要是花朵枯萎了，那真太可惜啦！”

籁三说完这几句话，就匆匆往前走去。那个男子喊了声：“请等一等！”赶紧扯住了籁三的衣袖道，“你的话很有理，请你责备我吧，骂我吧！我如今是一个知罪的人，如果你拿鞭子打我，我也心甘情愿。可是，你不但压根儿不理我，还说那些无情的话，难道过去的入江师哥和现在的入江师哥是两个人吗，还是两条心呢？要不然就是我把你看错了。我把你当作去世的师傅唯一的亲人，想向你说明我改邪归正的经过，表示我的忏悔。没想到你叫我大失所望。”

“住嘴！”籁三不等他说完就回过头来气愤地大

喝一声，声色俱厉，几乎震破了新次的耳鼓。生来笨嘴拙舌的籁三现在气得更说不出话来了，颤抖着嘴唇讷讷地骂道："新次！你这个畜生，忘恩负义、不知廉耻的家伙！难道你不知道我是在责备你吗？你竟反而怪起我来了？我籁三一向是拥护正义、主持公道的，从来没犯过错误。究竟我身上有哪些不是？有哪些不是？有哪些不是？你说给我听！你说给我听！"籁三边说边靠近他，瞪着眼睛怒骂道，"你虽然是个不仁不义的东西，但是因为去世的师傅宠爱你，并没有把你的罪行告诉别人，只有师傅和我两个人知道。自从我发誓不揭发人的秘密以来，将近十年了，正因为我不愿意对别人讲，你才过了太平日子。你能安然无事，到底是沾了谁的光？即使你不要求我，我也自然要用鞭子打你。我手里的夏菊花本来是打算供在师父坟前的，现在拿它来打你，这是应该的吧？打你的是我籁三，命令我打你的是去世的师傅，如果你真悔悟的话，就刻骨铭心地挨这顿打好了！"

籁三一边骂一边连连打了几下，然后丢下手里的菊花，怒冲冲地瞪着新次。新次倒称得上是个男子汉，他仍然一动不动地跪在地下。新次原来就是个美男子，如今更别有一种严肃的风度，他眼里含着后悔之泪，眉间带着忏悔之情，他过去是去世的师傅所宠爱的门生，如今却是一心向籁三求饶的罪人。究竟是仇视他对呢，还是不理睬他对呢？籁三左思右想不知道如何是好，心里非常烦闷、混乱。

这时候新次慢慢地抬起了头，从容地述说了前后的经过。籁三听了新次的话，非常后悔，认为自己方才的行动太急躁、太轻率了，原来新次所犯的罪过并非出于本意，他是个误入歧路的不幸的人。于是籁三以怜悯的心情听他说下去。

新次继续说：“我本来不是为了自己的私欲才干出那样的坏事。我是本着图大事不拘小节的精神，想做一件有利于国家的事，想不到这件事竟误了我一生。现在回想起来，当初自己想得多么幼稚！坐在那里想和实际下手做的确不同，我终于明白了别人比我聪明得多，我悲叹世事的不如人意，觉悟到正义是人生的至宝，因此，我才放弃了自以为是的愚蠢的念头。可是，那时候我已经弄得两手空空、一无所有了。从那以后，我重新立志，在异乡辗转流浪了好多年。说来也奇怪，后来大家都渐渐重视我，如今我也稍微有了一些名气。今年好容易才回到京城来，我唯一的希望是想要去拜见师傅，没有想到师傅已经过世。因此，几天以来，每天汲取井水供在坟前，我一想起师傅，就不觉痛哭起来，全靠从松树旁边吹过来的风，吹干我落在袖子上的眼泪，每当井里的清水照出我的脸时，我就加倍想念想要看见的人，我特别想念你。挨你的打也罢，挨你的骂也罢，我真高兴极了，好像遇见了亲哥哥似的。”新次说罢就忍不住落下泪来。

籁三听罢，不胜叹息，亲手把新次扶了起来道：“因为我不知道底细，刚才对不起你了，现在真后悔！不过，我并没有恶意，这一点你也许能体谅。走！我们到师傅的坟前去讲和吧！我心里已经没有什么了。”

籁三的为人本来就很直爽，他完全不计前嫌，拉着新次的手安慰着他。他们俩以前是好朋友，是师兄弟，现在一定是师傅的灵魂使他们重新欢聚。籁三约新次到他家去，新次也请籁三到他家去。新次问籁三家在哪里，籁三告诉他说：“离这里不远的如来寺前有一间四下里长满野草的草房就是我家。”

新次高兴地说："那么我俩住得并不远。我家就在这个坡下，现在我已经改姓筱原了。"

籁三一听，就吃惊地喊道："呀！奇遇，奇遇！辰雄先生原来就是你？"

四

籁三本来是一个满腹牢骚的人，一向把世界看作魔鬼的巢穴，自己仿佛彷徨在黑暗之中；现在他好像觉得不知从哪里射来一道光芒，逐渐对前途有了希望。那个从前叫作新次、现在称为筱原辰雄的男子，在过去当画工的时候，因为他有好胜的脾气，所以人缘不太好，师傅越是宠爱他，旁人就越诽谤他，骂他高傲，嘲笑他狡猾，几乎没有一个人跟他要好。籁三是个富有同情心的人，所以把新次当作亲兄弟一样照顾。可是，自从新次辜负了父母一般的师傅的恩情，携款潜逃以后，他和师傅都认为是看错了人，为了免被世人耻笑，七八年来一直没对外人讲。不过，籁三不能完全把他遗忘，有时候还惦念他，不知道他如今流浪在何处，干些什么事，认为他一定和流氓地痞们交上朋友了。真没有想到今天他那个打扮，俨然成为一个堂堂的绅士了。又加上他所信仰的主义是那么高尚，籁三越跟他交谈就越增加对他的信任，在上坟的归路，籁三到筱原家整整谈了半天话。辰雄把离别以后的经历介绍了一番，其中有好事也有坏事，他毫不隐瞒地完全讲给籁三听。据说这家公馆的主人本来是个姓筱原的某地的大财主。自从辰雄在他家做事以来，逐渐得到主人的宠爱，主人把独生女儿嫁给了他，把他招为赘婿。后来他当了户主，不到两年，岳母和妻子不幸相继病死，给他留下巨额财产。虽然没人诽谤他，但是辰雄并不愿意自己支配这些遗产，希望由亲族来管理，然而没有人同意他这个要求，因此他只好享受这份安闲舒适的生活。

辰雄接着说："随着地位的提高，我心里又涌起了好多理想，虽然明知不能实现，却不愿意马上放弃，这也许是我的老毛病。我为了筹办社会福利事业，东奔西走，这次到东京来是因为在京城里有一项计划要实施。这两天在京里又结交了不少朋友，因此我也成了知名人士。被人尊重的确是可喜的事，不过每当我想起往日的事，就要出一身冷汗。虽然我有我的理由，可是归根结底我辜负了师傅的恩情，做了种种对不起他老人家的事。连白天走路的时候都提心吊胆的，生怕让老天爷瞧见我，就好像欺骗了所有的人似的，心里总是忐忑不安，夜间常常从噩梦中惊醒。犯了别人不知道的罪过，心中的痛苦，真是无法形容！”

辰雄坦白地、诚恳地在籁三面前倾诉衷肠。从籁三这样一个一向讨厌外表清秀而内里肮脏的轻佻子弟的人的眼里看来，辰雄的这种率直的态度实在可贵，他衷心敬佩辰雄勇于改邪归正，觉得他过去所犯的错误宛如白璧上的微瑕，经过琢磨后更增加了光泽。辰雄越往下谈，籁三就越喜欢他，他们谈得忘了时间。因为辰雄交际很广，这工夫已经来了不少客人，搅扰得他们不能安静地促膝谈心。

辰雄问道：“入江兄，我很想整天待在没人打搅的寂静的地方，听你畅谈，你每天有工夫吗？”

“穷人哪里有工夫？别说得这么容易。不过，提起没人打搅的安静地方，我那间破房子里倒是安静得多。传来的声音不过是后院轱辘井的汲水声和门外有人哄孩子唱催眠曲罢了。路也不远，你哪天有空串门来吧！我叫人煮麦饭，做山药汁，像这类的菜饭，我也还请得起你。”籁三率直地说。

“哎呀，简直叫人羡慕极了，你一不问世事，二不结交世人，看来你一定没有什么烦恼。你远离俗界，只知道握笔的乐趣，和我比起来，真是天上地下！”辰雄说罢不禁叹息。

籁三接过来说：“什么叫作令人羡慕？我的笔不随我的心，我的性情不合世道，还不知道将来的下场是饿死还是气死呢！世事真是不可捉摸！”

籁三说罢，哈哈大笑。他毫无顾忌地畅谈往事，觉得非常痛快。这时候他向主人告辞，拉开了门走到房外。一看，回廊曲折，庭院宽绰。籁三想：人的命运和行云流水一般，变幻莫测。他不禁默默地回顾辰雄的风采。这时候，辰雄正面带微笑，目送着籁三。籁三暗自赞叹道：“好个英俊的人物！”一向为人磊落的籁三，毫不介意地穿上了侍女替他规规矩矩地摆在门口的他那双已经磨损了底的粗木屐，喜气洋洋地走出大门。他回家后，对阿蝶赞扬了辰雄一番。阿蝶听着，虽然并不想一睹他的风采，却暗自想：受这个一向把世人当作蛇蝎一般厌恶的哥哥赞扬的，究竟是怎样的人呢？她看见哥哥那兴奋的样子，自己也确实高兴。隔了一天，在第三天的黄昏，当蝉在屋檐前的老朴树上叫起来的时候，阿蝶收拾了针线活儿，把屋里屋外打扫得干干净净，正忙着在门前洒水，忽然有人从门外喊了一声："入江兄在家吗？"

"是谁呀？"阿蝶赶紧回过头来问。

这个人就是辰雄。他看见了阿蝶用揽袖带束起了两袖的曼丽风姿，不禁赞叹地想："好个美人儿！"阿蝶发现客人凝视着她，自己也不知道什么缘故，双颊顿时泛起了两朵红云。原来客人就是她在参拜清正公神社的归途中遇见的那个绅士，阿蝶怀疑地想："他为什么到我们家来？"她的心在突突地跳，从此尝到了相思的滋味。

五

一到八月底，蟋蟀就在房间的一隅唧唧哀鸣，马路上的景色也带着秋意了。在这时候，有人在皇城南面三田这个地方买下了一块地，拆毁了二三十栋房子，匆匆地兴起土木工程来。在工地上立着一根木桩子，上面写着很大的毛笔字——“博爱医院建筑工地”，从堆积砖头的房基那里传来工人们热闹的打夯声。这件事轰动一时，街谈巷议，大家纷纷地赞扬说：这是一位叫作筱原辰雄的人举办的社会福利事业。这个人并没把尘世的种种苦难视为天命，愤慨人情的淡薄，独自发奋，立志爱世济民，虽然力量有限，但是却甘愿为这个事业而努力，死而后已。他目睹今天老百姓的贫困情况，非常难过，心想在那些锦衣玉食的人把花盆放在炉边，观赏开放的花的下雪天里，挨冻的节妇们的辛酸泪几乎凝结成冰；富人们在高楼大厦上悬挂着宫灯迎风乘凉的夜晚，孝子们却在蚊香旁边饮泣。更可怜的是疾病缠身的人。虽然世上有很多名医，附近也有很多出售良药的药铺，但是如果没钱求医买药，也是无可奈何，有些人不得不眼巴巴望着自己本来能够救治的亲人，既不是由于天命，也不是由于宿孽，只是因为贫穷而死去。做妻子、做儿女的心里是多么难过呀！本来人不是天生就喜欢干坏事的，他们为生活所逼迫，就无暇识别自己的行为是否符合仁义之道，只是一味怨天尤人，世道因此纷乱，以致危害国家的前途。只有挽救他们才是仁道。

于是他拿出私产，从亟待救济的部分着手，一面计划富国利民的办法，一面又到显贵绅商那里去求得协赞。古人说“德不孤行”，这么一来，某某阁下、某某长官和他意气相投，主张一致，人们都传颂这个善举。因而那些把德义视作名誉的人也自然而然地同声附和，所以他成了社会上有名的人物，人人都仰慕他的大名，无人不晓他是个仁者。

籁三听见有人这样谈论着辰雄，自己又直接接触过他的言行，因此越和他相交就越爱慕他，友谊越加深就越敬佩他。籁三本来是下定决心无论怎样困难也不求人帮助的，但在辰雄面前他却完全顾不得意气和面子了，再不能把一向闷在自己心里的话瞒着不说了。

有一天，籁三和辰雄谈话间，谈到陶艺界的萎靡不振，就向辰雄吐露心声说：“挽回陶艺界的颓风的愿望，虽然始终没离开过我的心，但老实说哪有人肯倾听我这种没有势力的人的话呢。他们反而奚落我，背地嘲笑我这个那个的，说来真叫人生气。不过，这也难怪，我虽然钻研陶画已经有十六年之久，但从来没有一次在共进会[1]上扬过名。虽然没让贫困束缚过我拿笔的自由，但是我的性情刚直，不受批发店老板欢迎，向我订的货只是些廉价的粗品。手里干的是不合心意的活儿，哪里会发挥才能、显露本事呢？因为心中积累了很多不满，所以我自暴自弃地想：反正是给睁眼瞎子们瞧的，根本不需要艺术，也不需要钻研，因此故意粗制滥造。但是在世人眼里看来，我那忍着眼泪制造出来的粗品和同行们为了衣食制造出来的粗品并没有什么两样，所以他们骂我是个只会吹牛、没有一点儿本事的家伙，从此名声一败涂地，虽有神妙之笔、精心的构思，却只能藏在心里，不能描画出来。我也算是一个男子汉，我也晓得'有志者事竟成'。但是，不知道是世人太愚蠢，还是我糊涂，没有一个能够谈心的知己朋友，就这样在惆怅中打发走了好几年光阴。你是个曾经干过这一行的人，也许能稍微知道些内情。希望你替我想个好办法吧！"

1　日本过去为了促进工业生产发展所举办的展览会，广泛搜集产品供大家参观，征求意见。

辰雄一听，不禁感叹道："你和我的心竟不谋而合，我为国家担忧的不外乎是这一点。我一向忧虑道德的沦亡，慨叹人情的菲薄。然而当道的人大半都是些自己沉沦在浊流里还不知觉悟的家伙。所以同道的少，仇人多。可是，我一直不肯放弃自己的信心，最后终于被两三个正义之士赏识了。现在已经达到愿望，能够着手创办自己的事业了。虽然好像是我在你面前说大话，可是希望你把我当作榜样，尽管世道与你不相容，你却不可轻易放弃，要制造出一个满意的作品。我情愿负担一切费用。当然啦，你是个廉直的人，一定不肯接受我的意见，以便唤醒同行们，为国家谋利益才是道理。说起来我国出产的石陶器虽然价廉，质量却远不及他国，画工们不争气，批发店老板更不像话，害得这个行业萎靡不振。我很为这个现象惋惜，多年来一直挂在心上。现在我俩的想法竟不谋而合，这也可以说是时机到来了。你可千万不要错过这个机会。"辰雄热心地鼓励着籁三。

籁三眼里含着感激的眼泪，生平头一次向人道谢说："那么，麻烦你了！"

辰雄没听他说完就拍拍胸脯说："一切都交给我

办好了！”

过了没几天，人人谈论着三田的土木工程的时候，有一则新闻惊动了陶艺画工们。据说是那位隐居在如来寺前青草深处、三年来一直默默无闻的“愤世先生”这回要显显他的本领了。喜欢奚落比自己高明的伙伴是人之常情，同行们当面或背后都诽谤籁三。但如今已经有了可靠支援的籁三反而觉得他们可笑，泰然自若地开始了素描。他选定的材料是沈寿官精制的细陶，作品是他素来喜欢的一对带座儿的三尺高的细口龙耳花瓶。再过几个月就能瞧见百花齐放、金光灿烂的成品了。籁三的心已经飞向幻想中的将来，他想象中的人物景色一一浮在眼前。他不禁莞尔一笑，觉得连王侯贵人也不及他快乐，仿佛置身远离尘世、凌风驾云的仙境，这样光阴不知不觉地消逝着，一天一天地过去了。

六

阿蝶本来就感谢筱原的恩情，佩服他的行为，暗地里把他当作了神佛的化身。现在又看到筱原待她像亲妹妹那样亲热和直率，心里又感激又高兴，跟他相处的日子一长，她那自从连他的姓名都不知道的时候起一直藏在心里的某种情感就逐渐变成热烈的爱情，在少女的芳心中深深地扎下了根。阿蝶本来是一个婀娜可爱的姑娘，从外表上看来，就好像含着露珠的嫩叶那样柔弱，从未露出过她那刚烈的天性；可是她一旦下了决心，就会赴汤蹈火也在所不惜，可以把生命看作是暂时的，但意志是丝毫不能动摇的。她认为自己是没有教养的卑贱的人，对方却是受人尊敬的人士，因此，她经常自己责备自己的奢望。不过，她哪能这么容易地压制感情呢，越想死心就越想念他。虽然暗中下决心要把这个相思作为伴侣，过一辈子单身生活，可怜她却常常发生动摇。她经常注意世人对他的评论，要是大家夸奖他，她也觉得高兴。真没想到，有一天竟听说某某子爵想把他最宠爱的小姐嫁给辰雄。阿蝶听到这个消息，不知为什么心头突突地跳。她装作无意的样子向哥哥打听这件事。哥哥却哈哈大笑说："没有的事！"不过，籁三也许在担心这件事，就趁辰雄第二天晚上来串门的时候，向辰雄打听。辰雄回答道："确实有这么一回事。对方是过去有几万石收入的旧诸侯。我一听就觉得心烦，已经回绝他五六次了。多可笑，他们还没死心，经常叫媒人白跑路。”看样子辰雄是压根儿没把这件事放在心上。

“这又是为什么呢？你还年轻，不能一辈子不结婚呀！不知道你心目中是不是已经有了对象？如果没有的话，就将就一些决定下来才对。”籁三故意这样试探他。

辰雄回答道：“我并不想一辈子打光棍儿。不过，我既不想做贵族的女婿，也不想娶公主做老婆。一个女人即使茶道、花道样样会，仪容端正，有点学问，这又有什么用处？我可不愿意娶个既不知道度日艰难，又不能单独应酬交际和料理家务的木偶般的老婆来，在有财有势的岳父面前卑躬折节地过日子。我一不求门第高，二不要有财有势的岳父，我只看本人的为人如何，如果有行为端正、心地高尚的女子，希望你马上介绍给我吧！”辰雄很爽快地说。籁三的脸上浮起一片微笑，会意地回头看了看阿蝶。

每当辰雄访问这所茅屋谈天的时候，他从来没有在他们面前摆过有名人士的架子，就好像一家人似的，亲亲热热地谈着话。籁三觉得他比朋友、亲戚还可靠，因而对他怀着某种希望，有时候暗暗把自己的心事吐露给阿蝶听。阿蝶一听，臊得用袖子遮起脸来跑进厨房里去了。不过，从这个时期起，阿蝶也主动地谨言慎行，把修身视作最重要的事，虽然不以荆钗布裙为辱，但觉得从谈话、起居、治家、交际等方面仔细衡量自己，没有一样是完美的。她虽然过着忙碌的日子，但相思是个奇怪的病，经常在她心里作怪，拨动她的心弦，使她无时不在想念着他。她希望自己不使他厌恶，不使他腻烦，心想要是能得到永世不灭的爱情，让他喜欢、让他思念，两人共享幸福的生活才好。她的愿望越来越强，同时又产生了种种猜忌。她有时候怀疑他当面说话那么体贴，不知道背地还想不想她。有时候她又怜悯自己，责骂自己，好像心的一半已经属于辰雄了似的。她的喜怒哀乐是随着辰雄的脸色转移的，她对善恶黑白的辨别是以辰雄的主张为根据的，爱情把她弄得心乱如麻。籁三从第三者的立场冷静地观察这一对年轻人，觉得辰雄爱阿蝶并不次于阿蝶爱他，他们是以真心对待真心的，是天生的一对。他心里委实高兴，每当他听到两人缠绵的谈话，就觉得宛如一双蝴蝶在百花园里翩翩飞舞，春风不时吹进来，心里有说不出的舒畅。他处在这个大家都欢欢喜喜的环境中，不禁意气轩昂，落笔有力，构图生动，因此，不论是蔓叶花样，象征花样，画轮廓、描细节，涂彩等，都集中了所有的精力，造出了画工细致、色彩鲜明的作品，经过素烧，又经过一窑、二窑、三窑……光阴在不知不觉之间消逝着，迎接了在残菊和落叶上结着冰霜、到处传来岁末大扫除和捣年糕的声音、北风吹拂着门松[1]的时节。

七

送旧迎新本来是尘世的常态，并不稀奇，但是心情舒畅地迎接大年初一倒是很有趣的事。籁三在旭日冉冉上升的时候，从辘轳井里汲了若水[2]，想起了自己的生活宛如那转动着的辘轳，自己终于转出了头。

1 日本风俗，过年的时候家家户户门口装饰松树，在初七晚上撤掉。

2 日本风俗，把新年清早汲的头一桶水称作“若水”，据说这水能驱邪。

他和阿蝶共饮屠苏酒[1]，庆祝新年。“应该为年轻人干杯！”他说着把酒斟给妹妹，倒也很有趣。一家只有兄妹两人，他们仿效昔日宫中的仪式，盛菜的用具还是用陈旧的彩漆三层套盒。房间里一切都很陈旧，只有十二尺长的廊檐上的四扇纸门，今年倒是焕然一新，不再像往年那样到处补得新旧两色，斑驳难看，而是全用雪白的新纸裱糊了。不消说，这是筱原的恩情，元旦一早兄妹俩就谈起他的种种好处来。籁三本来是个老顽固，不愿意接受别人的恩惠，但是他为了艺术却不得不屈服，这四五个月来，彩陶贴金用的二两多纯金、几次烧窑的费用和其他种种费用，已经受了筱原不少恩惠，而且他还经常照顾他们兄妹。籁三觉得过意不去，每次都婉言谢绝他。去年年底辰雄又送来两块过年穿的衣料，籁三实在为难，在经过几次推辞之后，他终于答应接受送给妹妹的一件。他说，男子汉不爱打扮，退还了送给他自己的那一件。籁三为了不辜负人家的盛情，叫阿蝶用这块衣料缝制了一件新衣，今天让她穿在身上。阿蝶今年十八岁，她穿

1　日本风俗，新年饮屠苏酒，据说能驱邪和延长寿命。

上新装后，如同含苞待放的鲜花，比平日漂亮好几倍。当哥哥的心里的确高兴，心想："要是平日也能够让她这样打扮，那该多好呀！"

虽然今天人人都忙着到亲戚、朋友家去拜年，但籁三是个隐居的人，并没有敷衍人情的必要，只是给自己放一天假，横卧在铺席上，用手支着脸颊，舒舒服服地打个盹儿。这时候有人嚷着"恭喜，恭喜！"串门来了。籁三从梦中惊醒，心里诧异地想："真稀奇！是谁来了？"原来是平常很少来往的批发店老板拜年来了。阿蝶接待了他，他打开扇子，滔滔不绝地念些吉利话儿，对去年的疏于问候表示道歉，恳求今后经常照顾。阿蝶把这些话说给籁三听了，籁三脸上浮起得意的神情道："真是，被钱迷了眼睛的家伙，竟瞎成这样儿了！他刚才说的那些话不是对我说的，而是对它们说的。"籁三边说边指着那一对放在内室里的花瓶。因为很多人都在议论这对花瓶，还没有完成以前，这些老板就互相竞争，要求购买。籁三一一拒绝了他们的要求，计划把花瓶拿到今年在芝加哥举办的哥伦布世界博览会上展出，一切都交给辰雄去办理，自己悠然安居。这怎么不叫他痛快呢？难怪他吐出了豪言壮语。

这一天到黄昏的时候，拜完年的辰雄又不辞疲倦地坐着包车来到籁三家。这位交际很广的辰雄叫车夫在门口停下车，籁三对他提起放风筝的往事，辰雄也说至今还忘不了转陀螺的乐趣，接着不禁感慨地说：

“我虽然转辗在尘世，交了许多朋友，但最难忘的还是幼时的回忆。如今映在眼里的世事没有一样不叫人伤心。我心想这个人该援救，那个人也该帮助，终于把自己投入了不适合的事业中。气人的是自己力量太薄，不知有多少次暗自吞下热泪。不过，既然这是自愿干的，还有地方诉苦吗？只有到你这里来闲谈的时候才能暂时驱除我心中的郁闷。”辰雄不像平时，此刻竟说出泄气话来。籁三诧异地追问他道：

“这是怪事！如今天下没有一个人不知道你是博爱仁德的人士，大家在尊敬着你，你为什么还不满意呢？”

“还是不言为妙吧。我们互相倾诉衷曲，如果是令人愉快的事，还可以谈出来助兴。可是，连我都难以忍受的苦痛，怎么好意思分给你们呢？邪易侵正、曲易胜直是尘世的常情，你别问我吧。一想起这件事我的心就更乱了。”辰雄说罢，抬起头来，他面色苍白，没有一丝血色。阿蝶看到他咬着嘴唇沉思的样子，心里实在不忍，悄悄地拉了拉哥哥的袖子。籁三会意，稍微往前挪一挪身子说：

“光是谈喜不谈忧的朋友随时都可以找到。不分喜忧都互相倾吐才是真正的知己朋友。也许有人只爱听喜，不爱听忧，可是我这个当哥哥的可不同，如果你客气，我倒感到不快。当然啦，自称哥哥是有些妄自尊大，不过我一向把你当作亲兄弟，我和你携手，一同赴汤蹈火也在所不辞，所以希望你把你的心事告诉我。你不谈，我的心就得不到安宁。尤其是阿蝶，她该多难过呀！说起来女人心窄，喜欢暗自悲伤，白操心。可是这么一来，我可太伤脑筋了，又觉得她怪可怜的。五步和十步并没有多大差别，还是统统吐露出来让我们为你分忧吧！”赖三就这样诚挚地劝说着辰雄。阿蝶默不作声，只是悄然坐在旁边，两手时而交叉，时而放开，可怜她心跳得越来越快了。

辰雄像突然想起来似的说：“真是，我为什么提起这种无聊的事，使大家扫兴呢？有乐则有苦，乐极则生悲，循环轮回才是道理，要是把每件事都挂在心上，一件一件地忧心劳神的话，恐怕连五十年的寿命都保不住。阿蝶姑娘别担心了，刚才说的是酒后戏言，我有喝酒后爱发牢骚的毛病，所以请你别放在心上了。”辰雄说罢，哈哈大笑，就好像压根儿没把刚才的事情放在心上似的。接着他又把话转回原来的话题上，很晚才起身告辞。

这天晚上，阿蝶心里非常难过，眼泪湿透了枕头，许久不能合眼，反复思索着辰雄今天提过的事。她想：“可怜的筱原先生，难道是那么热心计划着的事业遇到什么困难了吗？助一臂之力肯帮忙的朋友少，爱排挤人的仇人多，这是尘世的常情，他一定很痛苦。他今天晚上说过的话，他今天晚上的脸色，如果没有什么原因，他绝不会那样子。是他由于生疏，不肯对我讲呢，还是由于不愿意让我伤心才瞒着我呢？不管怎么样，我一定做他的妻子，除了他没有人可以做我的丈夫。只有当他处于患难的时候，我才能充分表明这个痴心。从表面上看来人人都长得一样，剥掉一层皮才能看到骨子里是什么。最好他也吐露真情，我也披肝沥胆，我和他同甘共苦。”阿蝶左思右想，连报晓的钟声都听得清清楚楚的。在人人欢乐的大年初一晚上，只有她一个人怀着心事闷闷不乐，这也是爱情在作怪吧。

过了初三，辰雄叫人捎来一封信说：“初七是我的生日，我打算在那一天举行新年宴会，因此无论如何请阿蝶姑娘过来帮一天忙。”他可能是有意让阿蝶开心的吧，同时还送来当天用的全套衣饰。这是辰雄诚心送给她的礼物，阿蝶要是用这些服装来打扮的话，周旋在那个贵绅大员的宴席上，也不会被人耻笑的。籁三高高兴兴答应了辰雄。阿蝶就更不用说了，她为了不辜负辰雄的情意，费了不少心思把自己打扮了一番，于是锦上添花，她显得更美丽了。

“哎，好个大家闺秀！这个运气，这个容貌真想让去世的两位老人瞧见呢！”

正照着镜子的阿蝶听到哥哥这句话，也忍不住落下泪来。

八

窗前的梅花已经在百花之前开放了，黄莺在檐前歌唱着，春风在吹拂着。籁三的作品终于完成了。在经过四窑、八次烧制的过程中，关于燃料的增减、烟色浓淡等，没有一样不使他煞费苦心的，有时候他因为担忧火色不太好，几乎连自己的心都要燃烧起来；也有时候窑里传出的微响使他吓一跳，生怕作品裂了口，或化为乌有；还有时候为了金色不鲜明和颜料变色而苦恼着。籁三这几个月来如此苦心经营，好容易才达到了目的。他把这对花瓶的表面用新稻草磨了又磨，磨出光泽来。当他看到花瓶灿烂的彩色时，宛如自己身上放出了光辉，感到无比高兴。花瓶上部的正面画着一条龙，卷着浪花，呈圆形，四周围绕着菊花、桐花和古代蔓草，中间是一片云海，上端是东大寺，此外还有长形和长圆形的花样；上下的分界处画的是圆形菊花，虽然花样并不稀奇，但画工细致，一丝不苟；下半部在边框里面画的是金阁寺和银阁寺[1]，另一面是凑川和稻村崎[2]，都是籁三的精心之作，构图生动别致，色彩鲜明，一看就知道是出

1 金阁寺在京都市鹿苑寺里，银阁寺是京都市慈照寺的别称，前者以金箔、后者以银箔作装饰而著名。

2 “凑川”“稻村崎”都是日本历史上的古战场。

于名人之手。边框四周画的是古代萨摩式的七种秋花，点缀着镀金的蝴蝶，其他部分也都是一片金砂云海，别出心裁，只有技艺精绝的名匠才能创作出这种神品。座儿画的是一片象征花样。籁三非常得意，对着花瓶自言自语地说："如果有人讥诮画得不精细，那么随他去骂好了。有眼睛的都来瞧瞧美是什么，虽然籁三技术不高，但把毕生的精力都倾注在这个作品上了。"

籁三吃晚饭的时候喝了几杯酒，心里更加高兴了，说是要到筱原家去谈谈自己的成功，顺便道谢那天他招待阿蝶的厚情。阿蝶听见哥哥要出门，就喊道："等一等！"她拉拉哥哥的袖子，接着要说不说地踌躇着。籁三往后退了几步，问她说："什么事？"

"不，没有什么。晚上风凉，别受了凉！"

籁三知道妹妹是在关心他，就高兴地回答说："不会谈得太晚的。不过酒醒了容易感冒，还是多穿件外褂走吧。"籁三回到廊檐上来穿外褂。阿蝶一面替他整理衣襟，一面凝视着哥哥的脸说：

"哥哥，你的胡子太长了，过年不刮胡子就出门，有点不雅观呢！”

“晚上怕什么，人家不会注意的。明天在亮的地方再帮我刮得了。我的作品已经成功了，虽然不是踌躇满志，这倒的确是件值得庆祝的大事。我打算在这四五天里把辰雄君也邀上，我们三个人一道出去玩玩。今天晚上我就去约他。我回来得不会太晚，不过家里有值钱的东西，你闩上门等我吧！现在心里没有什么烦恼了，月光又多么美呀！”

阿蝶看见哥哥起身要走，就握着他的手一直送到门外。地上留下两个人影，其中一个越走越远了，映在地上的另一个孤影却在那里一动不动，晚风悄悄地掠过檐前的朴树。

来到筱原家门口的籁三，一看那门边的门牌，心想这块牌子的主人他从前认为是个陌生人，想不到就要把他喊作“妹夫”了。籁三最不爱叩门、通名、迎客等这一套繁文缛节，而且他也很熟悉辰雄的房间，所以轻轻地推开了通往内宅的小门。他踏着被霜弄湿了的草坪，悄悄地来到袖篱[1]跟前。从室内传出的说

1 原文作“袖垣”，是紧挨着房子修的篱笆，形状像日本和服的袖子。

话声虽然不高，却在纸门上映着两三个人影。籁三以为他们在开会商讨什么问题，就停住了脚步，侧耳静听，一听，吓了一大跳。那是他连做梦都没想过的奇怪事，原来有个声音在这样说着：

“要是把那个子爵做幌子央求某某长官的话，这件事一定会成功的。这位长官的图章握在柳桥花街的一位美人手里，财东是那位大财主，我已经预先疏通过了，如果事情成功了，还管他三七二十一呢，骂我骗子也好，说我用了诡计也好，我才不在乎哩。本来嘛，愚人有那么多的钱有什么用，从他手里骗出来才对社会有好处。那个人不过是从海外留学回来的才子罢了，是个活宝，他马上会入圈套的。麻醉药是入江的妹妹。在上回宴会的时候，我已经看得清清楚楚，那位先生为她神魂颠倒了。最棘手的是要说服那个老顽固，不过他被恩情束缚住，已经不能违拗我的要求了，尤其是他妹妹，她是个养在深闺里不懂世故的妞儿，而且又是个多情的人，更容易摆弄了。我虽然下了不少本钱，不过锦囊里自有妙计，保证能获得成功，出乎我意料的是那个籁三，简直是一点儿用处也没有，但总不至于白养活了他吧，历史上也有‘楠公养善哭的士兵'[1]的例子，世上没有一个白活的人，博爱不就是仁吗？”

这人话说得这么目中无人，而说话的竟是辰雄。

“畜生！”

籁三气得切齿扼腕，猛然站起来；但是，他只抚了抚胳膊，到底不能闯进屋里去。屋里的话声不知什么时候已经中断，传来了嘹亮的玉笛声。

九

如果能博得辰雄一笑，阿蝶就感到无限欢喜；如果瞧见辰雄的愁容，阿蝶就感到无限哀怜。阿蝶时刻爱慕着的辰雄，他那如玉的脸上竟挂起愁容，他诚恳地对阿蝶说：

“我和你不知道是在哪辈子定的姻缘，我对你是一见钟情，如今日夜想念着你；我这颗本来是发誓为

1　即日本古代的武将楠正成（1293—1336），他平日养了一个善哭的士兵，有一次在和敌兵交锋后，让他和僧侣一道到敌营附近去大哭，说是楠公和其他将官都被打死了。敌兵信以为真，不再防御，终于被打败。

国家服务的心，现在却被你占去了一半，心里怀着不可告人的内疚。可怜我虽然还不知道你对我是否有意，我认为在这个世界上，除了你以外再没有第二个人可以做我的妻子。那位子爵的小姐我连头也不回，一口拒绝了他们。俗语说，'千里之堤，溃于蚁穴'，说起来也是我不对，那位子爵大人一直帮助我，在他的帮助下，我从来没缺乏过经费。但是到了事业就要成功的现在，他突然表示不再跟我合作。如果失去这个财东，事业就不得不停办。你说我能被迫打消这个念头吗？我想想这都是为了你，即使受世人的冷嘲热讽我也不怕，可是只要一想到社会和国家的前途，我就悔恨万分，心如刀割。这种痛苦能对谁诉说呢？虽然你是我最亲近的人，可是我还有许多苦处不敢对你说。现在事情并不是弄得连一条活路都没有了，但是我怎么好意思对你说出这样的事来呢？……"

阿蝶看见辰雄踌躇着没敢把话说完，就抱怨地说："难道你还不知道我的心吗？"

"我哪里不知道你的心。正因为知道所以更不好开口了。原来关键在你身上，成与不成都要看你。有个参加今天宴会的宾客，是有势力的显官，他愿意做我的财东。”

“这和我有什么关系呢？”

“就是这一点叫我太为难。他不知道是听谁说的，以为你是我的妹妹，一再要求把你讨去做太太。我真不知道如何是好。应该认作是为了国家把你让给别人而自己死了这条心吗？虽然我能放弃私欲，但怎么能从自己的嘴里说出这种话来呢？”

阿蝶看见情人满面愁容，弄得惊慌失措，芳心如割。她把责任揽到自己身上来，左思右想，拿不定主意。她想：“我为了他抛弃贞操来表示对他的贞操吗？我心里将永远隐藏着不可告人的罪过；可是，难道眼看着他为了我毁灭名声吗？这是恩将仇报的禽兽行为。哎！这样做也难过，那样做也痛心，不知道如何是好，如果实在想不出好办法来，还是死了倒干净些。因为这个尘世是有形有色的尘世，所以磨难很多。人在出生以前是空寂的，如果没有这个叫作阿蝶的肉体，他就没有什么牵挂，也没有什么顾虑了，他可以和那个小姐结为恩爱夫妻了。这也是天命吧？反正命只有一条，死只有一次，死于疾病和死于相思又有什么不同，这并无愧于天地，神佛也不至于斥责我，哥哥也会原谅我，我也没什么悔恨了。”

阿蝶下了决心，不再有什么留恋了。可怜的阿蝶本来是一个纯洁的姑娘，一向守身如玉，连深夜独眠时都在梦中训诫自己；她不羡富贵，不怕贫贱，直到十八岁的今天，始终是白璧无瑕。打碎它的是“爱情”这个魔王，这个魔王托身于辰雄，寄身于筱原，有时像引诱香花吐蕊的春风，有时又像使月光晦暗的秋云；让她时而高兴，时而忧愁，最后把她引到哪里去了呢？天涯海角，无影无踪，那脸颊上可爱的笑靥，那令人难忘的如画的秀眉，那明眸和樱唇……明眸不再发光，樱唇也不再启开了，油黑的青丝，雪白的皮肤，如今一切都消逝了。在寒风凄厉的月夜，阿蝶你究竟上哪儿去了呢？找不到你的踪迹，听不到你的声音，只有一封信留在那里，信上秀丽的字迹还带着泪痕。

十

籁三一屁股跌坐在花瓶前。热泪夺眶而出，顺着脸颊滚滚往下流。他凝视着花瓶，仿佛从眼睛里迸出火星来，他紧紧抱着胳膊切齿痛恨道：

“打断这个骨头吧！如果我一生下来就手指头弯曲，筋短，我也不会立志学习这一行。要是我不入这一行，还敢抱那种奢望吗？都因为被赞扬为‘陶画的杰出人物’什么的，在先师的陶艺坊里成了首屈一指的陶艺匠，虽然并不是自己卖弄，但人人都知道了我的名字。这么一来，在原来是洁白的心中产生了邪念，自己也觉得由于贫困不能发挥本事很可惜，终于产生了不应有的欲望。为了求名誉，竟求助于不该求助的人，吃了不该吃的不义之食，把阿蝶许给不义之徒，这都是为了什么？都是为了手艺，为了名声而迷了眼睛，也迷了心窍，什么也听不见，什么也看不见，逼得那可怜的阿蝶出走。唉！这一切究竟是谁的罪过？为了这个手艺而叫最亲爱的妹妹去死吗？为了多年的辛苦，让污浊来浸润身体吗？冷笑我的辰雄，嘲骂我的辰雄；出名的是他，犯罪的倒是我。‘君子交绝，不出恶声’，我虽然不知君子之道，但是我受了重如泰山的恩情，虽然我对他恨入骨髓，他却还是我的大恩人。本来我听到他那奸恶的诡计，不应该置之不理，为了世道，为了世人，为了正义，我应该挥起铁拳，举起秘藏的短刀刺进他的胸膛，这也不是难事。可是，可恨的是这对花瓶，一想到为了它而受的恩情，尘世的情义就紧紧地束缚我，使得我动弹不得，我不能用刀去刺，不能用拳去打。想起来可恨的是我自己，是我这个手艺，是这对花瓶。唉！多讨厌，多可恨！你是仇人，是敌人，是恶魔！先把你打碎，再刺死辰雄才是道理。没有你，哪儿来的恩义，哪儿来的人情！”籁三握紧拳头，突然站了起来。这时花瓶上的金阁寺和银阁寺映入他的眼帘，这画中的每一笔都是他竭尽心力描画出来的得意杰作。尤其是那四周的洒金。唉！连他自己都觉得是好手艺，为了学这个手艺不知吃了多少苦。籁三暗暗在想：

“真美，真美！的确百看不厌。难道在我以后还有能继承这个绝艺的人吗？自从我入了这行以来已经十七年了，现在把不肯轻易用的名字记在这对花瓶上，为的是给海外的蓝眼睛洋人和各国的陶艺画工们瞧瞧日本人入江籁三的得意杰作。现在我怎么能舍得用自己的手去打碎它呢？我这一生始终是不容于世道的。那么，把毕生的希望寄托在这对花瓶上，隐居到深山去吗？那也太遗憾了。如果阿蝶再回来，如果辰雄抛弃了恶念，这对花瓶是可以保存下来的。”

籁三左思右想，不得主意，双手抱着那对花瓶，那么瞧，这么看，在不知不觉中心神恍惚，好像置身于画中，又好像画中的景色包围了他。没有阿蝶，也没有辰雄，没有自满，也没有意气，只是从身上发出闪闪的金光，从四方传来一片喝彩声。可是，在他莞尔一笑的当儿，仿佛有人在他耳边说：“籁三真是个没用的愚人！”那声音是筱原。“畜生！”当他猛然回过头来，又有一个柔和的声音说：“别受了凉！”籁三高兴地想：“啊！是阿蝶回来了吗？”这时阿蝶用手指着那边说：“哥哥，我们一道上那儿去吧！”籁三一看，那地方有金阁寺和银阁寺，秋花烂漫，蝴蝶飞舞，那美丽的雾好像是他亲手在花瓶上撒的金一般。籁三如醉如痴，自言自语道：“哎，真有趣，真有趣！蛟龙终非池中物，汹涌的云海，把波涛滚滚的浪头画成圆花样：象征着神龙飞舞、蝴蝶、花卉、凤凰、桐花、狮子舞、双叶葵花、源氏车、斧子车和牡丹花，更有菊花、蔓草花、吉野的樱花、龙田的红叶。这也美，那也美；阿蝶也美，辰雄也美；其中最美的就是我这支笔。如今放弃这支笔，籁三你要往哪里去？天下人都是瞎子，你的作品给谁看，看又有什么用？我的知己就是你，你就是我的知己，我们同归于尽吧！”

籁三抱起那对花瓶，用力摔到石阶上。于是只听戛然一声和哈哈大笑的声音，夜半的钟声也远远传来，此刻留在天地之间的好像只有那放出银光的一轮明月。

大年夜

大つごもり

上

水井是辘轳井，有十来丈深，厨房朝北，腊月的寒风飕飕穿堂而过。“哎，冻死啦！”她蹲在灶前拨弄着火，起初只想烤一分钟，却不自觉地拖延着，于是挨了一顿责骂，东家把芝麻那么点儿小事都当作大事情来骂她，当用人可真难呀。起初，荐头店的那个老婆婆对阿峰说：

“他家少爷小姐一共有六个人，不过经常在家的只有大少爷和幺小姐。太太有点喜怒无常，但是你如果能察看脸色，摸熟了脾气，就没什么难伺候的了。她是个喜欢奉承的人，你说几句好听的，就保你缺不了衣领、围巾、围裙的带子等小恩惠。论起财富来，是街里首屈一指的大财主，不过提起吝啬来，倒也是第一。好在老爷为人仁慈，不愁没有一点儿零星赏钱。要是你不愿意待了，就捎来一张明信片，不必写得啰里啰唆，只要写：希代为另寻东家。我就马上替你跑腿。总之，你要记住，伺候人的秘诀就是‘表里不同’呀！”

阿峰被她这么一说，心想：“这人说话多可怕呀！”但又想：“自己拿定了主意，就不必再求她帮忙了，要是一心一意干活儿，东家不至于不喜欢我吧。”从此她就在那魔鬼般的可怕的东家那里干活儿了。

在引见之后的第三天，那位七岁的小姐午后有舞蹈练习，需要准备早浴。一清早地上的霜还没融化，太太就从温暖的被窝里“砰砰”地磕起烟袋锅来，“喂喂”地喊。这喊声比闹钟的铃声还可怕。阿峰不等喊第三声就爬了起来，还没来得及系腰带就拿起揽袖带来揽袖子。她赶快来到井边，一看，月影还残留在井台边，刺骨的寒风吹散了她的甜梦。洗澡用的铅桶虽然不大，但两个水桶装满水来回提十三趟才能倒满。阿峰累得汗流浃背，踏在脚下的高齿木屐不但趾襻儿的扣儿松了，连底齿也歪了。因为趾襻儿松了劲儿，不抬起脚趾来就很难走路。阿峰脚下拖着这样的木屐，两手提着沉重的水桶，一不小心就失脚滑倒在井台边儿的冰地上，还没有来得及惊叫，小腿的迎面骨就猛然撞在井台上，顿时在雪白的皮肤上现出了一块紫斑，手里的水桶已经抛出了很远。虽然一只还安然无恙，但另一只却摔掉了底。不知道这水桶到底值多少钱，太太却像因此会倾家荡产似的，额上暴起了可怕的青筋，从伺候早饭时起就耸眉瞪眼的，整天不理睬阿峰。从第二天起，常常抓点儿小事就喋喋不休地教训说：

“这家里的东西没有一样是白来的呀，你以为是主人的东西就随便糟蹋，老天爷会惩罚你的！”

不但如此，太太逢人就谈这件事，阿峰的一颗年轻的心真是羞愧不堪，从此事事小心，不敢再粗心大意了。

世上使用婢女的人家也不在少数，但是再没有像山村家那样换得勤的了。他家一个月换两个婢女并不算稀奇，有时三四天就不干了，甚至有待一晚上就跑掉了的。如果去请教那位太太曾经换了多少婢女，因为换得太多，太太假若屈指计算，连袖口都会磨破的。阿峰本来很有耐性，山村还待她这样刻薄，尽管东京地面这么大，恐怕再没有能当他家婢女的人了。“阿峰那孩子多能耐呀，她心地多善良啊！”有人这样夸奖阿峰说。爷儿们动不动就说："头一宗她长得标致！"

入秋以来，阿峰唯一的亲人舅舅病了，他开的蔬菜铺也关了门，虽然还是原来那条街，却搬到背巷去住了。阿峰心里很着急，但是遇上了刻薄的东家，而且已经预支了工资，她的一生如同卖给了东家，别说去看舅舅，连出去买东西的时候，太太也望着钟计算，能走几步路、几条街。有时阿峰也想偷偷跑回去一趟，但又想俗语说"坏事传千里"，如果被东家发觉，不但以往的忍耐就要白费，假使被辞掉了，还要叫卧病的舅父操心，而且即使是一天也罢，她也不忍心去吃那样贫困的老人家的饭。因此她只是捎封信去说"不日前往请安"，虽然人在主人的家里，心却不在，这样一天一天地挨了下去。

一到腊月，家家户户都忙碌起来。小姐们却偏挑这时候要去看戏，为的是显示一下春节的新装，她们起哄地说："听说某角从前天起每出都演，连滑稽戏也演的是应时的有趣节目，别错过这个好机会呀！"于是决定在十五日全家都去看戏。叫用人陪同看戏是稀有的事，按理说阿峰应该高兴，但她连父母死后唯一的亲人卧病在床都不能去探望，哪有心情去看戏呢？因此她请求太太不去看戏，要去看望舅舅。她想：如果太太不乐意，那就算了。幸而她平日干活认真，太太终于答应了她。第二天太太对她说："早去早回呀！"阿峰虽然觉得太太说话太自私了，但也满心欢喜，连自己当时是否道了谢都记不得了。她连忙喊了一辆洋车，一路上只觉得车太慢，心里直叨念着："还不到小石川吗？还不到吗？"

"初音街"——这条街的名字倒很风雅，实际上却是出名的贫民街。阿峰的舅舅被人起了个"老实安兵卫"的外号，俗语说："老实官头上有神佑。"他有一个大秃头，脑门儿闪闪有光。他把这个秃头作为招牌，在从田街到菊坂这一带叫卖茄子、萝卜什么的。因为是小本经营，所以专门贩卖些价廉而量多的青菜，并没有装在木盒里的黄瓜和装在草篮里的鲜蘑等新上市的东西。人们笑他："安兵卫的菜老是那几样。"不过，多亏了那些主顾，安兵卫一家老小三口不但好歹赖以糊口，而且还把八岁的独生子三之助送进了五厘学堂[1]去读书。

想不到，一到九月底骤然吹起刺骨的寒风，安兵卫一清早上神田里去买货，刚把货带回家就发起烧来，接着就得了关节炎，一病就是三个多月，直到现在，不但生意做不成了，慢慢地变卖了家里的东西，而且连秤都卖了。因为住铺房开支大，所以顾不得人家笑话，只好搬进月租五毛钱的背巷里来，等待时机再说。说来很可怜，搬家的时候只有病人坐洋车，捆起那不够一手提的家当，悄然搬到同一条街上的一角来了。

阿峰下了车到处打听，来到一家檐前挂着风筝、气球等小玩意儿的粗点心铺跟前往里瞧了瞧，心想三之助也许挤在那群孩子里，可是连影儿也瞧不见。她失望地把目光投在马路上一看，有个消瘦的孩子手拿着药瓶子走在对面人行道上。这孩子似乎比三之助高，而且太瘦，但那后影却很像他。阿峰赶紧跑去看他的脸，顿时那孩子叫了一声：

“呀，姐姐！”

“啊呀，你是小三吗？你瞧多凑巧！”

1　每月交五厘学费的学堂。

于是三之助走在前头，从酒铺和芋头铺当中拐了个弯儿，把她领进一条昏暗的背巷里，咯噔咯噔地踏着水沟盖板跑到自家门口，喊道：

“爹，娘，我把姐姐带来了！”

“什么，阿峰来了？”安兵卫站了起来。

一直埋头做着揽来的针线活计的他的那个老伴也停了手，嚷着：“哎呀，真少见！”她立刻拉着阿峰的手，喜洋洋地把她迎进屋里来。阿峰一看，那是一间六铺席的房间，只有一个橱柜。小户人家本来就没什么衣橱、箱子之类的东西，但如今连从前见过的长火盆也不见了，只是把今户地出产的方形土器放在木箱里，这就是他家唯一像个家具的东西了。阿峰再一打听，原来米柜也没有了，想不到舅舅竟落到这个地步。她想起那腊月间去看戏的人家，不由得眼睛里噙满了泪水。她说：

“风挺凉的，还是请躺下吧。”一面把那床又硬又薄的被子盖在舅舅的肩上，“你们真受苦啦！舅妈也好像瘦了些，可别愁出病来。舅舅的病好些了吗？虽然写信问候了您，但不能亲眼瞧见，可担心坏了，一心盼着今天的休假，好容易才走了出来，房子小一些倒没什么关系，等舅舅病好了，就马上能搬回大街上重新开铺子，所以还是赶紧把病养好吧！虽然想给舅舅带些东西来，但路远心急，连车夫我都嫌他跑得慢，不知不觉走过了那家卖您喜欢吃的糖果的铺子。这些钱虽然不多，是我省下来的零用钱。有一次从曲街来了一位太太的亲戚，她老人家突然发作了腰痛的毛病，非常痛苦，我替她揉了一夜腰，她说送给你买围腰吧，赏给了我这些钱。虽然东家不怎么赏底下人，但来往的客人都很大方，这个那个赏一些东西给我。所以舅舅，你替我高兴吧，我在那里并不怎么受苦呀。这个荷包、这个衣领，都是人家赏给我的。这衣领花样素净，请舅妈使用吧！这个荷包，把它稍微改一改，给三之助装饭盒吧！他还上学吗？有写的大楷什么的，给姐姐瞧瞧吧！”阿峰说这说那地谈了很多知心话。

原来，阿峰的父亲在她七岁的那一年，有一次替主顾修理仓库，也许那天是历书上带黑点的“佛灭日”[1]，正手拿抹子站在架子上想和下面的小工说话时，

1　日本佛教徒认为这种日子“诸事不宜”。

一回头，竟从向来站惯了的架子上失足摔到了地下，不幸头部恰巧撞在为了改铺甬路而堆在一起的石头的尖角上，当场就没救了。伙伴们事后惊骇地议论着说：“他今年四十二岁，恰巧是交厄运的头一年哩！”因为阿峰的母亲是安兵卫的妹妹，所以母女二人只好寄住在他家里。两年后连她母亲也因患流行性感冒去世了。此后阿峰就把安兵卫夫妻俩当作父母，由他们一直抚养到十八岁的今天，养育之恩比海还深就不必说了，阿峰还觉得那个把自己称作姐姐的三之助和亲兄弟一样可爱，就把他招呼过来，抚摸着他的后背，瞧着他的脸教导说：

“爸爸病了，你一定很难过吧？快过年了，姐姐买些礼物送给你，你可别不听话，让妈妈为难呀！”

“他哪里让妈妈为难呢。阿峰，你听我说，这孩子虽然今年才八岁，但个儿大，力气也大，他看见自从我躺下后没人挣钱，开支又大，生活很困难，就悄悄地跟那大街上咸鱼铺的小伙子一块儿去叫卖蛤蜊，每天能走多远就走多远，他那伙伴挣八分钱他就必定挣一角钱回来。也许老天爷念他孝心，保佑他，总之，我的药费好歹是靠阿三挣来的。阿峰，你也夸奖他吧！”安兵卫说完就用被子盖着脸，哽咽得话都说不出来了。

“这孩子爱上学，从来没叫人操过心。一吃过早饭就往学校跑，三点钟放学也不在路上贪玩。并不是夸奖自己的孩子，老师也夸奖他哩。叫这么个好学生挑着蛤蜊去叫卖，还不是因为穷嘛。在这样的冷天里叫他在小脚上套着草鞋，你想想做父母的心里多难过呀！”舅母说着也落下了泪。

阿峰搂住三之助道：

“你真是世上稀有的孝子啊！虽然你长得高，但八岁总归是八岁呀，挑扁担肩膀不疼吗？脚上没给草鞋带子磨破吗？真难为了你，从今天起我也回家来一面伺候舅舅，一面帮着干活儿挣钱吧。因为不知道，所以今天早上还嫌井桶绳上的冰冰手，说来也太不知足了。叫正上学读书的孩子挑蛤蜊叫卖，做姐姐的怎能安心地穿着长袍呢？舅舅，请让我辞工吧，我不再去做工了。”阿峰说着，哇的一声哭了出来。

三之助温顺地低下头，不让姐姐瞧见一滴接着一滴的眼泪。他衣服的肩头绽了线，露出了皮肤。一想三之助用这瘦小的肩头挑着扁担，阿峰心里一阵难过。

安兵卫听见阿峰要辞工，就劝她道：“你别想错了，舅舅虽然感谢你的好意，但即使你回家来，一个女子又能做什么事？而且你已经预支了东家的工资，哪能说辞工就能辞得了的，一个人做事开头儿最要紧，别叫人家以为你是不能忍耐而回来的，你要小心伺候主人才好。我的病也快好了，如果再见好了一点，就什么都不怕了，能够重新做生意了。哎，再熬半个月，过了年，来年就是好年头，一切都要忍耐些。三之助，阿峰，你们再忍耐一下吧！”安兵卫说罢，擦了擦眼泪，“你很少回来，没什么好吃的东西让你，这是你爱吃的豆沙饼、蒸芋头，尽量吃吧！”

阿峰听着舅父这些话，觉得很高兴。

安兵卫接着说：“虽然不愿意叫你操心，但眼看就要到大年夜了，家里正为难。我有心病，并不是什么肝火，就是愁这件事。原来我刚躺下来的时候，向田街放印子钱的借了十块钱，期限是三个月，先扣去一元五角钱的利钱，只到手八元五角钱。是九月底借的，这个月就到了期，无论如何得还债。但拿目前的情况来说，哪有力量还债呢，虽然和你舅妈商量过，但她揽来的针线活即使手指头磨出了血，一天也挣不上一角钱；这些事跟三之助说也没有用。听说你的东家在白金台街有一百间出租的连檐房，单拿房租这一项收入来说，日子就过得够阔气的了。有一次我有事去找你，从门口走过，看见他家正在修理仓库，那么大的仓库，怕花一千块钱也修不完。真是个大财主，叫人羡慕。你在那公馆已经待了一年工夫，自己所喜欢的用人想借几个钱，主人不会不答应吧？要是在这个月底，我能够央求那个债主重写一张借据，付给他利上滚利的利息一元二角钱的话，就能再缓三个月的期限了。这样一说，好像我这个人尽打如意算盘似的，不过哪怕是摊子上摆的年糕也好，如果不能在大年初一到初三这三天里买点儿来给三之助尝尝味道，那么做父母的太对不住这个有出息的孩子了。因为这样，大年夜那一天我手里非有两块钱不可，所以虽然不好开口，但希望你代我设法借来这笔钱才好。”

阿峰听了舅舅的要求，思忖了一会儿，然后说：“好的，这件事交给我办好了。要是不好借，就说预支工资，求求看吧。各家有各家的困难，一到里面就和从外面看见的不同了，一提钱更是到哪里都为难。不过，好在数目不多，如果拿这些钱就能对付一时，我想东家听说缘由也许会答应的。今天为了这件事也不能叫他们不高兴，我马上就回去了。下次休假是在春节，那时候全家人再聚在一起，欢欢喜喜地过节吧。”

“那么钱是怎样送来呢，叫三之助去拿吧？”舅舅问道。

“这可真成问题。平常都忙得一点儿空也没有，大年夜更不会有工夫了。叫三之助跑那么远的路，实在过意不去，不过还是麻烦他吧。我一定在午前把钱准备好，等他来拿。”

阿峰满口答应着回去了。

下

山村家的长子名叫石之助，因为母亲是继母，父亲待他也很冷淡。他十年前就听说父母商量要把他送给别人做养子，从他妹妹中间挑选一个人来继承家产；他心里很不痛快，于是利用独子不能废嫡的特权，从十五岁那年的春天起就任意游荡，为的是故意让继母气愤，但是他却忘了老父的伤心。因为他长得英俊，有一双清秀的明眸，附近的姑娘们背地议论说：“那个人虽然皮肤稍黑些，风采倒也不坏。”但是他却一味胡闹，有时还到品川的妓楼去，不过只在那里喝酒取乐罢了。他最喜欢半夜驱车跑到车街无赖子那里去，把他们喊醒，抖抖钱包倒出所有的钱，散给他们打酒买菜。像这样，他把挥霍当作唯一的乐趣。继母看他这种行为，就不断向丈夫进谗言说：“要是叫这孩子继承产业的话，简直就像往煤油库里添火，一片家业立刻就会化为一缕青烟，留下我们来可怎么办呢？剩下的妹妹们也太可怜了。”于是两人暗暗商量：最好让他到别人家去做养子，但恐怕没有一家肯收留他，还是分给他一点儿财产，让他分家另住，另立门户好了。石之助却把这话当耳边风，不入圈套，话里带刺地讥讽父母道：“要是分给我一万元，按月再给我生活费，不禁止我随意在外边玩，将来父亲逝世了，就把我奉为兄长，代替父亲当家做户主，连给灶神供一根松树枝的小事儿都尊重我的意见，那么不妨目前另立门户，不为本家操心劳神。如果两位老人答应我这些要求，我就听从你们的吩咐。”

他从别人嘴里听说自己家里今年又添置了不少连檐房，房租的进款加了一倍，就说："奇怪，奇怪，这样增加财产将来留给谁？俗语说：'灯盏的火苗能引起火灾。'难道不知道我这个公认的'长子'的火球在这里滚着吗？"他于是答应伊皿子附近的穷人们说，将从父母手里骗取一些钱来请大家过个好年，约定在大年夜，连吃喝的地方都定好了。

石之助的几个妹妹一听哥哥回来了，个个都吓得好像见了脓疮一样，连碰都不敢碰他。因此他为所欲为，越来越任性。他把两脚伸进暖笼里，连声喊着"水、水"，要解酒后的口渴。继母看到他那蛮横的态度，恨得直咬牙，不过毕竟不得不摆个虚面子，只好把平常背地用来骂他的刻薄话收藏起来，假情假意地说什么"别着凉啊！"拿床小棉被来给他盖上，头底下还给他放上枕头，一面故意大声叨咕，好叫他听见自己的勤俭持家。她说："得准备明天的菜饭啦，那小干鱼非我亲手撕不可，叫人撕就浪费了。"

这一天也快到晌午了，阿峰因为还没有办好曾经答应过舅父的事，所以始终放心不下。可是，今天她哪里有空闲去察看太太的脸色呢？好容易有了一点儿空，她摘下了包头手巾，搓着手央求太太说：

“在您这么忙的时候提这事，觉得非常过意不去。不过，那笔钱已经和对方说好了，无论如何今天下午非送去不可。要是太太肯帮忙，那是我舅父的造化，我的运气，我一辈子忘不了太太的恩情。”

当初阿峰向太太开口借钱的时候，太太虽然含含糊糊，也总算说了一声：“好吧。”阿峰就仗着这句话，一来不容易再遇到太太高兴的时候；二来又怕说多了反而惹太太生气，因而一直憋到今天没敢再提起这件事。但今天是约定了的大年夜，而且快晌午了，太太却忘得一干二净，一字不提，这怎么不叫人着急呢？阿峰不好意思说对她来说这是切身大事，只好婉言提醒太太。不料想，太太竟装出惊愕的神情说：

“这是从哪儿说起呢！我倒是听你说过你舅父生病，也听你说过想借钱；不过，我从来没有说过现在由我拿出钱来，大概是你听错了吧。我可压根儿不记得了。”这是太太向来爱耍的手段，真是太无情了。

本来太太想叫姑娘们试穿刚缝好的印着红叶的春装绸袄，给她们整整衣领，对齐衣襟，自己瞧瞧，让人瞧瞧，母女们借此开心，可恨的是那个讨厌的哥哥在家，不能让她们随心所欲。太太虽然嘴上不说，却在心里不住嘀咕："快滚吧，快滚吧！"她那天生的火气压在心里实在难忍，要是有道行的高僧用慧眼一看，一定瞧见太太被修罗的火焰笼罩着身子，五体化为黑烟，心烦意乱。阿峰竟在这个时候开口求她，而且求的又是借钱，俗语说得好，"钱是命根儿"，太太虽然记得自己曾经确实答应过这件事，但她现在哪里有好心肠答应阿峰？于是装出一副完全没有那么回事的脸色回答她："大概是你听错了吧。"然后又大口喷着烟圈儿道，"我可不晓得呀！"

……唉，又不是一笔巨款，不过是两元钱罢了！而且太太曾经亲口答应借的，难道不到十天就忘掉了吗？她不至于老迈到这地步吧？瞧，在那砚台匣子的抽屉里就原封不动地放着一束钞票，不是十元就是二十元，我不是全都借，只要其中两张，就能让舅舅高兴，也能瞧见舅妈的笑脸，连三之助也能吃上年糕了。一想起那天舅舅说过的话，没有钱是过不去的呀！太太这人心多狠哪！——阿峰气得连话都说不出，可是她为人老实，不能去和太太据理争论，只好垂头丧气地回到厨房。这时忽然听见响亮的一声午炮，阿峰听来格外惊心。

这一天下午，太太那个嫁在西应寺街的姑娘突然派车来接母亲，车夫捎来信说："少奶奶请您马上就去，她从今天早上起就开始阵痛，看来分娩是在午后。因为是头一胎，姑爷慌作一团，家里又没有老人，一点主意都没有。请您马上就去！"原来是闺女头一次分娩的生死关头，只有养娃娃这件事，是不顾什么大年夜的。太太心里好为难，家里放着钱，那个荡子又躺在那儿，心在两处，又无法分身，最后还是对亲生女儿情义重，太太不得不坐车到女婿家去，一路上不住埋怨那不中用的丈夫，偏要挑选今天这么忙碌的日子到海边去钓鱼取乐。

太太刚出门，三之助就来了。他一路上顺利地找到了白金台街的这家公馆，因为自己穿着破衣服，怕姐姐脸上不光彩，所以绕到厨房门口，怯生生地探进头来。

"谁啊？"阿峰正伏在灶前低声呜咽，这时赶紧擦干眼泪抬头一看，原来是三之助来了。可是她不能说："你来得正好！"这真正叫人为难。

"姐姐，我进去不会挨骂吗？那天说的钱可以带回去吗？爸爸叫我好生道谢老爷和太太呢。”三之助不知道底细，喜容满面地说。

阿峰心里一阵难过，回答道：“你稍微等一等。我还有点儿事情。”她说罢，跑出厨房，四下里偷看：一看，小姐们正在院子里专心打羽毛球[1]玩儿；小厮出去买东西还没回来；那个做针线活的女仆在二楼，而且她是个聋子，不碍事；还有少爷呢？再一看，少爷躺在起居室的暖笼里，正在呼呼地睡觉。

阿峰心中念道：“老天爷，佛爷开恩吧，我要做贼了。并不是我愿意做坏事，但事情逼得我非这么做不可了。如果老天爷要惩罚，就罚我一个人吧！我这么做，虽然为的是舅父舅母，但他们却完全不知道，所以请饶恕他们。对不起，请允许我偷这个钱吧！”阿峰心中暗暗祷告，就从早已看好了的砚台匣子抽屉里的那束钞票里抽出了两张。在拿到钞票之后她是恍恍惚惚的，不知道自己在做着什么事。她赶紧把钱交给三之助，打发他走了。她以为这件事始终没人看见，也未免太傻气了。

1 日本人在过年时候玩的一种游戏。

这一天快到黄昏的时候，老爷兴高采烈地钓鱼回来，接着太太也回来了。她高兴闺女平平安安地生了孩子，连对送她回来的车夫也和颜悦色地说：

“你告诉一声，过了今天晚上我还去瞧瞧。明天一早让她的随便哪一个妹妹去帮忙。你也辛苦了！”她赏了车夫一些酒钱，接着大声嚷嚷道，“哎！真把我忙坏了，有谁闲着，真想借他半个身子来用用。阿峰，小松菜用开水烫好了吗？干鱼洗过了吗？老爷回来了吗？少爷呢？”她问少爷的时候，是放低了声音的。一听他还睡着，就顿时皱起了眉头。

晚间，石之助和颜悦色地对父亲说：“明天是新年了，照例从初一到初三是应该在家里祝贺新年的。不过，您也知道我这个人放肆惯了，不习惯跟那些规规矩矩穿上礼服的贺客寒暄，而且老实说，他们的意见我也已经听腻了；亲戚里面也没有一个漂亮脸儿，我也不想看他们。再说，今天晚上我跟背胡同里大杂院的朋友们已经约好，所以暂且准我出门，到了春节再来领钱，请别忘了。今天是大年夜，又添了外孙，真是双喜临门，您该给我多少压岁钱呢？”

石之助从早晨起躺在家里等着父亲，原来就是为了这件事。俗语说："儿女是三界[1]的枷锁"，确实再没有比做荡子的父母更不幸的了。既然是亲生骨肉，就是不能不关心，哪怕荡子在外任意胡闹，落到山穷水尽的地步，如果做父母的置之不理，也难免受世人的议论。因此为了顾惜家庭的名声和保全自己的面子，不得不把心一横，打开保险柜取出心爱的钱。石之助早就知道这一点，就又对父亲说：

"我有一笔债，今天晚上到了期，借的时候有人替我打了保，盖了章。本来有一次玩牌运气不佳，欠下一笔款子。要是不把这笔债还清，那些无赖的伙伴怕不能答应。那时我只好受他们的制裁。不过，我担心这么一来会损伤您的名声。"

归根结底，石之助是想要钱。继母从早晨起就疑心这一点，如今一听，果然不出所料，心想：这个荡子究竟要多少钱呢？老爷对他太迁就，处理问题优柔寡断，好叫人着急；不过，她也知道石之助能说会道，自己说不过他，所以收起了早晨气哭阿峰的那种

1　三界是佛家语，本义是指欲界、色界、无色界，此处意思是前生、今生、来生。

威风，只是不时从眼角里瞥看丈夫的脸，那种神气真令人害怕。父亲悄悄地走到放着保险柜的屋子去，不一会儿拿来了五十元的一束钞票道：

“这不是给你的。只是怜悯你那几个还没有出嫁的妹妹们，也想到你大妹夫的脸面，是为了她们才拿出来的。说来我们家是世世代代的清白人家，把诚恳正直作为家法，从来没有让人说过闲话。想不到竟养出了你这样的败家子来，说不定是魔鬼投生的。不管怎样，万一你穷得起了坏念头，偷了人家钱财，耻辱就不止我这一代了。家产当然要紧，但是比起名誉来还是次要的，别丢光你父母妹妹的脸。我知道对你说这些话也是无用，但照理说你如果安分守己，人家自然把你当山村家的少东家，不必去受别人的讥笑嘲骂；你也可以当我的帮手，代替我拜年，料理家务。可是，你却让年近花甲的老父亲伤心落泪，你也实在太不孝了。小时候你还念了点儿书，为什么不明白这些道理？你走吧，快滚吧！爱到哪儿就到哪儿，随便你去！别给这一家丢脸！”父亲说罢，走进内室，钱就进入了石之助的怀中。

“妈，给您请安，祝您新年吉祥！再见，我走啦！”石之助临走时故意恭恭敬敬地对继母打个招呼。“阿峰，摆好木屐，我不是从这里回家，是从这里出门哇！”他赖皮地说，大模大样地摆动两手，扬长而去。他到底上哪里去呢？他将在一夜狂欢中把他父亲的伤心泪忘得干干净净！这种荡子实在可恨，但是，更可恨的是使他变成荡子的继母。太太虽然没有像驱除了恶鬼似的念喜歌，却也暗自高兴。钱她是心痛的，但能把那个看一眼都令人厌烦的石之助赶走，她就感到无限欢喜。

“这孩子怎么这样不要脸？倒想看看养了他的母亲长着什么样的嘴脸！”太太照例尖酸刻薄地数落了一阵子。

阿峰哪有心肠听这些话呢。为了自己犯下的罪行，直怕得心惊肉跳，头脑迷迷糊糊，不知道刚才的事是自己干的，还是人家干的，她觉得自己还在做梦似的。“想起来这件事哪有不被发觉的呢。即使在一万张中少了一张，如果一数也马上就能发现。何况眼前少的数目和自己刚才求借的数目相同，他们不怀疑我，还怀疑谁？如果查问我，可怎么办呢？我应该怎样说才好呢？如果不说实话，罪过就更大了；承认了吧，又怕连累舅舅。我是犯了罪的人，受处罚是应该的；但如果牵累了诚实的舅舅，叫他受冤枉，那可怎么办呢？穷人因为穷，总要受冤枉，有口难辩，人家一定取笑说，这是穷人耍惯的把戏吧。哎，多难受呀，怎么办哪！为了不玷辱舅舅，如果有什么法子，让我一下子死了才好！”阿峰心里胡思乱想，眼睛一个劲儿盯着太太的一举一动，她的心思却在砚台匣子旁边萦回。

在大年夜，公馆里照例要结账，所有的钱凑在一起，加上封印。太太突然想起来说：

“对对，在砚台匣子里还有瓦匠刚才还来的二十块钱。阿峰，阿峰，把砚台匣子拿到这里来！”

阿峰一听太太在内室叫喊的声音，顿时下了决心，心想：“拿我这条命去拼拼看吧！我要在老爷面前原原本本道个清楚，控告太太的无情。事情到了这地步，没有别的法子了，只有诚实才能保得住自己，我一不逃二不瞒，一五一十告诉老爷。我偷钱并不是因为见财起意，而是被逼得走投无路才干的。我还要替舅舅证明他不是同谋，要是老爷不相信，就当场咬断舌根一死了事。我拿出性命来换，老爷也会相信我吧！”阿峰打好了主意。但是，走进内室的时候，心情却像一只走向屠宰场的绵羊一样。

本来，阿峰从那束钞票里抽出的不过是两张，应该还剩十八张。可是，不知怎的，钞票整束不见了。虽然翻过抽屉抖来抖去，却连影子也没有。奇怪的是从抽屉里掉下来一张字条。一看，原来是一张借条，也不知是在什么时候写的。条子上写着：

抽屉里的这份也暂时借用一下。

石之助

“原来是那个荡子干的！”大家面面相觑，没人来查问阿峰。

是不是阿峰的孝心感动了天地，这件事才在无形中变成石之助的罪过呢？不，不，可能是石之助知情，顺便替她承担下来的吧？那么，石之助倒成了阿峰的守护神了。我们很想知道以后的事。

浊流

にごりえ

一

“喂！木村先生，信哥，进来坐一会儿吧！叫你进来你就进来得了。又打算不理我，上二叶屋去吧？记住！我要闯进去把你捉回来！要是真去洗澡，回来的时候可一定来串门儿啊！你这个撒谎鬼，说不定又要骗我哩。”

有一个女人站在店头捉住一个脚上穿着木屐的、像是相好的男子，用叱责的口吻说。对方并不生气，一边分辩说：“回头再来，回头再来……”一边走了过去。女的咂了咂嘴，目送着男的后影，接着就跨进了门槛，自语自言地说：“‘回头，回头’胡说些什么！还不是压根儿不想来嘛！真的，男的一娶了老婆，就没有法子啦。”

“高姑娘，干吗说泄气话。别着急，俗语说：‘死灰复燃’，说不定他将来还会回心转意呢。”另一个女人安慰她说。

“力姑娘，我可不像你那样有本事呀。放走一个也怪可惜的呢。像我这么倒霉的人，连念咒也不灵。今天晚上又得当看门的，多气人！”

那个女人说罢，一赌气坐在店头，用木屐的后跟当当地敲着地。看来她年纪有二十七岁到三十岁的样子，画眉剃额，把官粉擦得厚厚的，涂红了的大嘴唇像吃人的野狗似的，“朱唇”到了这个程度反而令人讨厌了。那个叫作阿力的女人，个儿不高不矮，身材苗条，把刚洗过的头发高高地梳成大岛田髻[1]，插着一支稻穗簪子，显得格外潇洒。厚厚的粉擦到脖根，敞着衣襟，微微露出了乳房，皮肤显得比官粉白。她虽然握着一支长杆烟袋，跷着一条腿，大口大口地吸烟，但是在这个地方却没有人责难她放肆。她身穿一件大花单衫，松松系着一条掺了假的黑缎子面腰带，从背后打成结子的地方露出大红色的麻绸里子；不消说，这是这一带的窑姐儿的打扮。

1 “大岛田髻”和后文的“天神髻”都是日本妇女发式的名称。

那个叫作阿高的女人，用洋白铜簪子搔了搔天神髻的发根，像突然想起来似的说："力姑娘，刚才那封信已经寄了吗？"

阿力无精打采地"嗯"了一声，又笑着说："反正不会来瞧我，我也是应酬应酬罢了。"

"别骗人！寄了那么长的信，邮票都贴了两张，这是'应酬'吗？那个人不是你在赤坂时候的老相好吗？闹一点儿别扭就割断恩爱那还成？对方是没有问题的，一切都看你啦，你也得心眼活动活动呀！应该设法重新跟他交好才对呀，要不你就有点不太知足啦！"

"谢谢你的好意。你的高见我听见了，不过我可不喜欢那种家伙，所以就当作跟他没有缘分，请他死了这个心吧！"阿力好像谈论别人的事似的回答说。

"真没有法子！你是个红得发紫的人，随你任着性儿搞，我可跟你不一样啦！"

阿高边说边拿起团扇扇脚边，用滑稽的口吻唱着"青春不再来"什么的，看见走过门口的男子，就跑出去喊："进来坐一会儿吧！"

黄昏后的门前，逐渐热闹起来了。

这家妓馆门面约有二十尺宽，屋檐下挂着灯笼，门前堆着吉祥盐[1]，木架上摆满了酒瓶——也许是空的，屋里面还有像账房似的地方。从厨房里时时传出拼命扇炭炉子的吧嗒吧嗒声。如果是十锦锅、蒸鸡蛋羹这一类的菜，就由老板娘亲自动手。虽然门口的招牌上规规矩矩写着“菜馆”，但如果有女客人去叫菜，她们将会怎样答复呢？要是马上说“今天已经卖光了”——似乎也太可笑了；也许就回答说：“我们馆子只招待爷们儿。”不过，人人都知道这种馆子里卖的是什么，并没有一个乡下佬闯进店里去叫小拼盘、烤鱼什么的。那个阿力就是这家独一无二的招牌姑娘，在同行姐妹里她年纪最轻，不献殷勤，非常任性，可是她有一身拉客的本领。有些姐妹背地里说：“这都是因为她长了一副稍微标致的面孔，你瞧多气人！”

不过，一跟她交朋友，就会觉得她特别和蔼可亲，即使不是男子汉也舍不得离开她。隔壁邻舍的同行们都羡慕着说：

“哎，一个人的好歹，是瞒不过别人的眼睛的，

1　堆在馆子或妓院门口取吉利的盐。

瞧她那脸蛋儿，长得多么清秀呀！从脸上也可以看出她的性格来。凡是到这新开花街来取乐的客人没有一个不知道菊井楼阿力的大名的。真不晓得是菊井楼的阿力，还是阿力的菊井楼。这才是近来稀见的俏货，托那孩子的福，新开花街才增了光，那家老板把她供在佛龛上才对呢！”

阿高一看门口没有过路的人，就对阿力说：“像你这样的人是可以什么都不在乎的，不过我一想起自己的事，就不由得想到那个老源。不消说，如今他穷到那个地步，决不是一个阔气的客人。可是，你和他不是真正相爱着吗，还能管这些小事？哪怕对方岁数大些，家里有老婆有孩子，哪能割断这个恩爱？你想想我这话对不对？没有关系，你就捎信叫他来吧。我那个人压根儿变了心，一瞧见我就躲开，我对他没有法子，只好重新物色别人。你那个人却不一样，如果你愿意，他一定休掉现在的老婆。当然啦，你是个要强的人，不会当真嫁给老源。那么，更可以叫他来嘛。写信吧！回头三河商店的伙计来了，就叫那个后生捎个信。你也不是什么名门闺秀，这有什么不好意思的呢？说来你这个人是放得下，想得开，不过这也就是你的毛病。总之，你捎信去吧，要不，老源太可怜啦！”

阿高说完，望望阿力。一看，阿力正在聚精会神地擦烟袋锅，低垂着头，一声不响。

不一会儿，阿力把烟袋锅擦得干干净净的，吸了几口烟，然后“砰”地一磕，又点上火交给阿高道：“你说话要小心些！在门口谈起这些事来，如果让别人听见，多丢脸。说不定有人会误会菊井楼的阿力把挖土的苦力当作姘头哩。那不过是过去的一场梦，如今一切都忘光了，连‘源七’那两个字是怎么写的我也想不起来了。你再别提他啦！”

阿力边说边站了起来。这时候门口走过一群年轻人。阿力娇声喊道：“喂，石川先生！村冈先生！难道忘了阿力的门吗？”

“噢！又被女将挡住路啦，不打招呼过不去了！”

嫖客们边嚷边大步走进妓馆里来，于是立刻从走廊那里传来吧嗒吧嗒的脚步声。

“姐姐，来壶酒！”

“要什么下酒菜啊？”

热闹的三弦声和狂舞声混成一片。

二

在一个下雨天，从门口走过一个头戴常礼帽的三十来岁的男子。阿力心想：如果不把他拉进来，在这个下雨天恐怕再也见不着客人了。于是跑出去扯住了那个人的衣袖，撒娇说："无论如何不让你走哩！"可能阿力的美貌发生了效力，竟把那个在这种地方不常见的阔绅士叫住了。阿力把他带到楼上房间里来，并没弹三弦，只是静悄悄地说着话儿。客人问了她的年龄、姓名和门第出身。

"是士族[1]吗？"

"不能告诉你。"

"平民吗？"

"我也不大清楚。"

"那么是贵族吗？"客人笑着说。

"就算是贵族吧。贵族小姐亲自斟酒呢？这是小笠原流派[2]的斟酒法，还是别的什么流派？"

---

1 日本明治维新后，旧日各地诸侯的武士都叫作士族，位在贵族之下，平民之上。现已废止。

2 原是日本武家的一种礼仪，后来成为日本妇女的礼仪。

“就是叫作阿力流派的，属于菊井一家的礼法呀。有把酒斟在铺席上的斟酒法，也有用大碗盖子喝酒的饮酒法。其中最重要的礼法是不给讨厌的人斟酒。”阿力很自然地回答说。

客人觉得很好玩，又问道：“谈谈你的身世吧！一定有动听的故事，看来你也不是普通姑娘出身。”

阿力一听，咯咯笑着说：“你瞧，我的脑袋上也没长出犄角来呀！我的背壳盖儿也还没硬哩。”

“别打岔了。你说实在的，让我听听，如果不能谈身世，就谈谈你的希望也可以。”客人催促说。

阿力笑得更厉害了，说：“这多难呀！说出来准保把你吓一大跳呢！那阴谋夺取天下的大伴黑主[1]就是我呀！”

“真拿你没办法。别净开玩笑，谈些老实话给我听听吧。尽管你做的是朝夕撒谎骗客人的生意，但一个人总有一点诚意吧？你有过丈夫吗，还是为了父母才做这个呢？”

阿力被客人认真地这么一问，心里不由得一阵

1 日本平安朝时代（794—1192）的诗人。

难过。

“别瞧我这样，我也是人，我也懂得一点什么叫难过。双亲早已死去，如今只剩下我一个人了。尽管是这么个女子，却也不是没有想娶我做老婆的人，不过还没有嫁过人哩。像我这样出身的下流女子，一辈子搞这个生意是理所当然的，这并不稀奇吧？”

在她似乎自暴自弃的口吻里，洋溢着无限的感慨，看来虽然打扮妖冶，举止轻浮，却不是一个水性杨花的女人。

“即使是出身下贱，也不会不能嫁人吧？尤其是像你这样漂亮的女子，会一下成为有钱人家的少奶奶哩。是少奶奶的生活不合你的意呢，还是你喜欢系着三尺腰带的江湖人呢？”

“就是那么一回事儿吧。我喜欢的人不喜欢我，但在想娶我的人里没有一个我愿意嫁的。所以我表面看来像是个水性杨花的人，不过这也是出于不得已呀！”

“不，我可不相信这句话。你不会一个相好的也没有吧？刚才在门口的时候，你的伙伴不是捎信说某某人问候你吗？你一定有好听的故事吧？”

“哎，你也太爱打听了！老相好是数也数不清呢。来往的情书等于是交换废纸，叫我写盟约也好，写誓文也好，我都马上就写，哪怕订下夫妻之盟也没关系，反正，变了卦的不是我，谁让他们没有志气呢？有东家的怕东家，有父母的要听从父母的话。如果对方变了心不理我，那就随他的便好啦，我也不再理他。所以尽管有相好的，可是没有一个可以托靠终身的人。”阿力说着，不胜悲哀地露出了无依无靠的神情，接着又说，“咱们不谈这些吧，应该热闹一下才对呀。我不喜欢愁眉苦脸的，咱们快快活活地玩吧。”阿力说罢，拍了拍掌，招呼伙伴们。

“力姑娘，谈得多亲密呀！”一个浓妆的三十多岁的女人边嚷边走了进来。

“喂！这个姑娘的老相好姓什么？”客人马上问她，并且笑着说：“要是撒谎，在盂兰节的时候可不能去参拜阎王殿[1]啊！”

“可是，您好像是头一次到这里来，我正打算请问大名呢！”

1 民间传说如果在此生撒谎，死后就下地狱，被阎王拔掉舌头。

“这是什么话？”

“就是想请问你的大名呀！”

“胡说八道！阿力会生气哩！”

客人被她开了玩笑，高高兴兴地还了嘴。阿高也斗嘴斗得来了劲儿，对客人说：“我来算算你的行业吧。”

“请吧。”客人伸出手掌说。

“不，不要手。我是看相的。”阿高煞有介事地回答说。

“得啦，得啦，你看了以后还这个那个地骂我，我可吃不消。别看错了，我还是官老爷呢。”

“别骗人！今天又不是星期天，官老爷哪里会跑出来溜达？——力姑娘，你说这位究竟是做什么行业？”

“不会是妖怪呀，”客人含笑说，从怀里掏出钱包，“要是有人猜中了，我就给赏钱！”

阿力笑着说：“高姑娘，你太不客气了。这位是有钱的贵族老爷，是瞒着家人偷偷出来散散心的，他哪来的行业呀！”阿力边说边拿起客人放在坐垫上的钱包，对他说：“把这个交给阿力吧，要给大伙分赏钱啦！”

阿力并不等客人表示同意，毫不客气地从钱包里拿出钞票来。客人背靠着柱子，望着阿力，并没制止，只说：“一切都拜托你了！”看来他是宽宏大量的人。

阿高一看，不禁怔住了，拦着阿力说：“力姑娘，你也别太过分啦！”

阿力却说：“没关系！”一面分钱，一面说，“这位说这是给你的，这是给姐姐的，把这沓多的拿给账房，剩下的赏给大伙。你向老爷道完谢再拿走吧！”

阿力边说边分散着钱。这种做法对阿力来说是家常便饭，阿高也不再客气了。“老爷可以吗？”她又问了一次客人，然后道了一声“谢谢”，把所有的钞票都拿走了。客人望着她的后影，笑着说：“这人不像是十九岁，多老啊！”

“你说话太刻薄！”阿力说完，忽然站起来拉开纸门，凭着栏杆，用拳头敲了敲太阳穴。

“你呢，你不想要钱吗？”

“我有另外想要的东西呢。”阿力说着，从腰带之间拿出客人的名片，拜了一拜。

"什么时候拿走的！拿你的照片交换吧！"

叫来的车子早已停在门口，客人一步跨上了车。大家把他送出门外，喊着："请再来！"

不消说，这是刚才的钞票起了作用，等送走客人之后，大家又围着阿力道谢说："力姑娘真是活神仙，多谢，多谢！"

三

这位客人名叫结城朝之助，虽然他自称"浪子"，但是时常表现出诚实的心地。他一无职业，二无妻小，而且正当爱玩的年龄，他从此以后一星期里总有两三次到菊井楼来。阿力也不知道怎的很喜欢他，三天不见面就写信给他。姐妹们带着几分醋意地取笑她说：

"力姑娘，多快乐啊！那位长得英俊，为人大方，将来一定会发迹。那时候会称呼你作少奶奶的，你应该从现在起就注意，伸腿坐啦，用茶杯喝酒啦，这些坏习气都要改掉才对。不然，多下流呀！"

有的又打趣说："那个老源知道了该怎么样？准

保会气疯啦。”

“哎哎，坐马车串门来瞧你们的时候多不方便啊，你们替我翻修门口的马路吧！怎么好意思把车子停在像这样沟板都盖得不严实的门口呢？这才叫太下流呢。你们也应该从现在起就注意，习惯动作要规矩一些，不然，将来怎么能伺候我呀？”阿力并不示弱地还嘴说。

“瞧，多气人！头一宗你这说话的口吻就不像少奶奶，要是结城先生来了，我们就告你的状，叫他来收拾你！”

等结城一来，姐妹们果然告诉他道：“她说了这样的话。她实在太调皮了，我们对她没有办法，希望你说她几句。先不说别的，用茶杯喝酒就对身体有害呀！”

结城一听，认真地告诫她说：“阿力，喝酒可不要太过分呀！”

“哎，这话不像是你说的。你还不知道我能勉强地干这一行不是全仗着这个玩意儿吗？要是我离了酒，酒席马上就会变成佛堂呢，你也应该体谅我呀！”

结城听完阿力的话，只说："难怪，难怪。"从此不再劝她了。

一天夜间，楼下的房间里来了某工厂的一群人，敲打着碟碗热热闹闹地唱着民间小调啦，滑稽歌什么的，姐妹们大半都聚集在这个房间里，楼上的小房间里只有结城和阿力两个人。朝之助躺在铺席上，兴高采烈地跟阿力说话，她却好像不耐烦，只是爱理不理地回答他，不知道在想着什么事。

"怎么啦，又头痛吗？"朝之助问道。

"不，不是头痛，哪儿也不痛。就是老毛病又发作了。"

"你的老毛病是犯肝气呢，还是妇女病？"

"不是。"

"那么，是什么病？"

"这不好对你说清楚。"

"不过，这也不是别人，是我呀。难道对我也不能说吗？究竟是什么病？"

阿力被他这么一问，只好回答说："这并不是什么病。只不过是成了这个样子，想着这样的心事罢了。"

“这人多难对付呀！就好像有很多秘密似的。你父亲是谁？”

“不能告诉你。”

“那么，你母亲呢？”

“也不能告诉你。”

“那么告诉我你的出身吧！”

“不，不能告诉你。”

“哪怕胡说八道也好，编谎话也好，一般的女人都应该会讲一套自己薄命的故事。而且咱们见面也不止一次两次了，告诉我这些也没有关系吧？即使你自己不说，像你这点心事还有什么了不起的，从算命的那里也能打听出来。不过，我就是想问你这个无关紧要的事，所以先问你害的是什么病。”

“算了吧，听那无聊的故事做什么！”

阿力压根儿没理他的话。

这时候刚巧有个姐妹从楼下端来杯盘，对阿力耳语说：“好歹下来一趟吧！”

“不，我不想去。你就回绝他说今天晚上陪客喝醉了，即使见面也不能说话。哎，这个人也实在让人没有办法！”阿力皱着眉说。

“你这样行吗？”

“行。”阿力回答得很干脆，把三弦的拨子放在膝上玩弄着。

那个姐妹带着诧异的神情退出了房间。

结城从旁边笑着说：“别客气，你去会他吧，何必敷衍场面呢？不该把喜欢的人赶走啊，快跟他去见个面。如果他愿意，可以把他叫上来在这儿聊聊，我躲在屋角儿不作声。”

“别开玩笑了，结城先生。瞒着你也没什么好处。我就告诉你这个人的故事吧：他名叫源七，过去开过被褥铺，那时候他经常到这菊井楼来玩，如今却成了穷光蛋，像个蜗牛似的住在蔬菜铺后面的破房里。他有老婆有孩子，拿他的岁数来说，也不应该找我们这些姐儿们玩。可是，不知道是什么缘故，他却经常借口到这里来。好像现在又来了。我并不是到了现在就把脸一变不理他，不过如果见了面就会引起种种麻烦来，所以最好的办法还是这样不痛不痒地让他回去。他恨我，我早就下了决心不在乎，鬼也罢，蛇也罢，随他去骂我好了。”阿力把拨子放在铺席上，微微伸头向楼下探望。

“看见他了吗？”结城取笑道。

“哎，看样子已经回去了！”阿力说罢，呆呆地坐着。

结城追问道：“你的毛病就是这个吗？”

阿力微微惨笑着说：“可能是吧，医生和草津温泉都不灵[1]……”

“真想瞻仰一下他的尊容哩。他的面孔长得像哪个戏子？”

“要是你看了，会大吃一惊的。黑皮肤，大高个儿，真像个金刚的化身。”

“那么，你爱他的性情吗？”

“在这种地方倾家荡产的人，除了心眼儿好以外没什么长处。他是一个呆呆板板、没什么风趣的人。”

“那么你为什么爱上了他？这才是非请教不可的地方呢。”结城关心地说。

“可能因为我是个多情的人吧。这些夜里没有一夜不梦见你。有时候梦见你娶了太太，有时候梦见你从此不再来串门了，还有许许多多伤心的梦，有时候

1 意思是说害了相思病，草津温泉以治花柳病出名。

醒来一看，连枕头套也被眼泪湿透了。像高姑娘，一到晚上，头刚枕在枕头上就马上大声打着呼噜睡着了，瞧她舒服的样子我真羡慕极了。我无论怎样疲倦，一进被窝脑子就清醒，想起许多事儿来。你能体谅我的心事，我很高兴，可是连你也猜不到我在想什么吧？因为想也没有用，所以在别人面前装快活，有些客人还说菊井楼的阿力是头脑简单的粗心人，她可能不知道什么叫发愁。真的，这可能叫作因果吧，再没有像我这么可怜的女子啦！”阿力悄然说。

“今天多稀奇，听见了你的伤心话。虽然想设法安慰你，但不知道底细，没有法子想。要是你对我那么有情意，居然还梦见我，那你就该说声‘娶我做太太吧’什么的。你可压根儿没有下玉旨，这又是怎么一回事？至少咱们是有一面之缘的，如果你讨厌这个生意，你可以毫不客气地对我说。我还以为你把这个生意当作散心取乐的方法，想这样过下去呢。那么你是有什么难言之苦，才不得不做这个生意的吗？如果没有什么妨碍，你就原原本本告诉我好了！”

阿力回答道：“我本来早就想对你讲的，可是今天可不成了。”

“为什么？为什么？”

“没有什么。我是个任性的人，不想说的时候无论怎样都不想说。”

阿力说罢，突然站起来向廊檐走去。

天空明净，月影凉爽，马路上传来木屐声，从楼上可以清楚地看到路上的行人。阿力喊了一声：“结城先生！”

“什么事？”结城走到她身旁来。

“你坐到这儿来吧！”阿力拉着他的手，“瞧！有个小孩儿在水果铺里买桃子吧？是那个可爱的四岁左右的孩子！他是刚才那个人的儿子，那颗小小的心也一定会恨我吧？他一看见我就喊‘鬼，鬼，鬼’的。你看我这个人真的那么坏吗？”阿力望着天空深深叹了一口气。从她说话的语调里能够看出她是万分难过的。

四

在这条新开街的尽头有一条狭窄的小胡同，蔬菜铺和对面的理发店的屋檐几乎连了起来。这条胡同太窄，下雨天连伞都不能打，脚下一不小心就会跌进没有了盖板的像陷坑似的阴沟里。道路的两边都是些连檐房，在胡同尽头的垃圾箱旁边有一座九尺长的破房子，只有一间小屋子和一间厨房，台阶已经腐朽，连门都关不严。幸而这一带是住宅区，房子虽小，倒也有三尺多长的廊檐和长满野草的小块空地。空地的一角用篱笆围着，种些紫苏、江西腊（翠菊）什么的，扁豆的蔓子缠在竹编的粗篱笆上。这就是阿力以往的相好源七的住处。

源七的妻子名叫阿初，年纪有二十八九岁，贫穷使她显得苍老，乍一看，要比实际年龄大六七岁的样子。剥落了黑浆[1]的牙齿，许久没有剃过的眉毛，身穿一件褪了色的鸣海[2]单衫；这件单衫已经把前身和后身调换过一次，膝部附近还用不显眼的很密的针脚缝补了破绽。她利落地系着一条细腰带，正在搞编藤席的副业。这个东西从盂兰节的前后起在热天的销路

1 又称铁浆，是用铁片浸在茶汁里制造的褐色液体。日本过去已婚妇女都用这个液体染牙齿。

2 日本鸣海地方出产的一种布料。

最大，阿初满头大汗地忙着编席子，把排好了的藤蔓从天花板上系下来，为的是多省一些工夫。她心里只念着多编一点，多编一点，连头也不抬地拼命编。看样子怪可怜的。

“天已经黑了，太吉怎么还没回来？太吉他爹也不知道又上哪儿逛去啦？”阿初叨咕着，收拾了编席子的材料，拿起烟袋点了火，一面吸烟一面像是很疲倦似的眨了眨眼，然后又拨弄水壶下面的火，把一块炭火移到烧蚊香的火盆里，端到廊檐上去，上面放些拾来的杉叶，用嘴呼呼地吹了一阵子。盆里冒起了白烟，成群的蚊子嗡嗡地叫着逃到屋檐外面去了。

这时候传来咯噔咯噔的踏响沟板的木屐声，太吉从门外叫着说：“娘，我回来了，我把爹也带回来啦！”

“回来得这么晚，娘担心你跑到寺院的山上去了，快进屋吧！”

只见太吉走在前头，源七也无精打采地一脚跨进屋里来。

“呀，你也回来了！今天外面很热吧？我想你今天回来得早，已经烧好了热水等你洗澡。快把汗洗干净吧！太吉，你也洗澡吧！”

“唉！”太吉马上解开腰带。

“待一会儿，待一会儿。娘先试试水烫不烫。”

阿初把脚盆放在厨房水槽旁，从锅里舀出热水，用手搅了一搅，把手巾放进去道：“好了。你带孩子洗澡吧！干吗无精打采的？是中了暑吗？要不你就洗个澡，清清爽爽的，再吃晚饭，太吉在等着你哪！”

源七被老婆这么一说，像想起什么似的答应了一声：“哎，对了！”他解开腰带，到厨房来。但涌上心头的还是以往的种种回忆，“虽然往事是不会再来的，但做梦也没有想到如今竟落魄到这个地步，在连檐房的厨房里用盆洗澡。双亲把我抚养成人，绝不是要我当苦力的帮手推大车。唉！千不该，万不该，不该做那些无聊的梦！”源七这么一想，不由得心中万分难过，连澡也忘记洗了。

“爹，快给我擦背呀！”太吉无心地催促着。

“别让蚊子咬着，快洗吧！”老婆也从旁边提醒他。

“嗯，嗯。”源七说。

他帮太吉洗了，自己也洗了，擦干身子，走进屋里来。阿初拿出一件浆洗得利利落落的单衫叫他穿上，等他系上腰带到风凉的地方坐下来以后，就端出一张脱了漆、四脚活动了的旧饭桌，对丈夫说："菜是你爱吃的冷豆腐哩。"

她端来一碗凉水泡的豆腐，上面放些香气扑鼻的紫苏。太吉也不知什么时候从架子上端下饭锅来，"嗨哟嗨哟"地扛在肩上。

"小鬼，挨着爹坐吧！"源七一面摸摸儿子的头说，一面拿起筷子来。可是，虽然心里不想什么事，舌头却没有一点感觉，喉咙好像肿了似的。

"我不吃了。"源七放下筷子说。

"这怎么成！靠力气挣钱的人怎么连三顿饭都吃不下了？是你身体不舒服呢，还是干活干累了？"

"不，没有什么不舒服，只是不想吃饭罢了。"

阿初用悲哀的目光凝视着丈夫说："你又犯了老毛病吗？当然啦，菊井楼的下酒菜比这好吃几十倍，可是现在想那些有什么用。对方是拿钱交易的玩意儿，如果你有了钱，她就会像过去一样跟你好。只看她们的外表就能马上明白，擦着官粉，穿着漂亮衣裳，专门迷你们爷儿们，不分什么人一概哄骗，这就是她们的生意呀。'哎，我穷了，所以就不理我了。'——要是你这么一想，你就马上想通了。你恨她，这表示你还没对她死心呢。你也知道背巷酒铺的伙计吧。他被二叶屋阿角迷住了心，把顾客们付账的钱统统私自用掉了，为了补这笔亏空，竟在盂兰节的时候跑到‘雷神虎’开的赌场去赌钱[1]，从此染上了坏习气，到末了钻进人家的仓库里偷东西，如今蹲在监狱里吃馊饭呢。阿角可压根儿不在乎，照样快快活活地过日子，也没人怪她，生意还是很兴隆。这么一想，哄骗爷儿们是她们公开的生意经，受她们骗的人才是真正的傻瓜呢！如今想那些有什么用呢？还是从此提起精神好好干活儿吧，想法子攒几个钱才对呀！要是你每天这样无精打采的，我和孩子该怎么办？这么下去，总有一天不得不出去讨饭呢。你也应该像个真正的男子汉，趁这机会干干脆脆死了心。等将来有了钱，那时候别说阿力，连小紫也罢，扬卷也罢，盖了别墅随你的意思供养好了。现在再不要妄想这些事啦，高高兴兴吃个饱吧！瞧，连孩子也哭丧着脸不高兴了！”

1　日本人在盂兰节时设临时赌场，由当地流氓头子掌握。雷神虎为流氓头子的绰号。

一看，太吉放下饭碗，放下筷子，脸上露出不安的神情，轮流望着父母的脸。

“唉，有了这么可爱的孩子，为什么还忘不掉那个狐狸精，这到底是什么孽障？”源七心里一阵难过，好像被什么东西搅着似的，暗地里骂了自己一声：“没出息！”他对着阿初说：“不，我也不想当一辈子傻瓜，再也别在我面前提阿力什么的了！你这么一说，我又想起过去那些丢人的事，更抬不起头来了。到了这个地步还想什么？不想吃饭只是因为有点不舒服，你也别太操心了，还是让孩子吃饭吧！”

源七说罢，躺在铺席上，用团扇吧嗒吧嗒扇着胸膛；虽然蚊香的烟不呛嗓子，可是，被恋火燃烧着的身子却热辣辣的难受。

五

是谁起的外号管她们叫“白鬼”呢？她们站在“无间地狱”[1]的门口，花言巧语地把人哄进里面去，

---

1 佛家语。八大地狱之一，又叫作阿鼻地狱。

虽然看不出她们玩弄什么诡计，但一进到里面就休想活命，有的被逼得倒栽葱进了血池，有的被赶到借债的刀山，听说这都是她们的拿手好戏。那“进来坐一会儿吧！”的娇声软语，和吃蛇的野鸡的叫声一样，令人听了，不由得心惊肉跳。可是，她们也是人啊，也在娘胎里过了十个月，吃娘的奶，学会走路，“啊哇哇”地用小手打嘴的可爱样子，一切都和别人没有两样。当娘取出钞票和点心问她要哪一样的时候，说不定还伸出小手回答说“我要米糕”呢。所以虽然她们现在做的是没有诚意的水性杨花的生意，但一百个里面总会有一个真正落泪、说出心里话的窑姐儿。

“你听我说吧。就是那个洗染铺的老辰呀。他昨天也在川田屋门前跟那个黄毛丫头阿六动手动脚的，还追到马路上来胡闹。谁愿意瞧那些呀！他那样轻薄，我怎么跟他过呀？你想他今年多大了？前年就三十岁了。我每次看见他都提醒他说：‘你也应该准备成家才对呀！’他也每次都‘嗯嗯’地答应。可是，他呀，光在嘴上答应罢了，压根儿没把这件事放在心上。他的老爹已经上了岁数，老娘眼睛也不好使。所以他应该早日改变心肠，照管家业，别让老人家操心。我虽然搞这种生意，却心甘情愿替他洗短褂什么的，补他的紧身裤我也情愿。他却一味拈花惹草，不知道多久才替我赎身从良哩。想到这些，我就打心里厌烦现在这个行业，连招呼客人都没有劲儿。唉，烦死了，烦死了！”

有个窑姐儿用她那平常哄骗客人的嘴埋怨别人的无情，一边忍着头痛一边想心事。

“哎！今天是十六，是盂兰节，那些参拜阎王殿的孩子个个都穿着花衣裳，带着零用钱，高高兴兴地从门口走过。他们的爹娘准保是一对有出息的能干人。我那儿子与太郎，虽然在今天这节日东家放了他的假，可是不管跑到哪里去玩什么，心里一定在羡慕别人吧？爹是酒鬼，娘又擦上官粉，涂上胭脂，做这种行业。即使他知道我在这里，他也绝不会来瞧我的。去年上向岛去看樱花的时候，我打扮成人家媳妇儿的样子，梳着圆髻，跟姐妹们蹓来蹓去，恰巧在堤上的茶馆里遇见了那孩子，我就‘喂喂’地喊他。他看我打扮得那么年轻，竟吓了一大跳，只说：‘你是娘吗？’要是他看见我不但梳了大岛田髻，还插上了应时的花簪，捉住爷儿们笑呀闹的，他心里一定难受。去年跟他见面的时候，他就劝我说：‘我现在在驹形的一家蜡烛铺里当徒弟，不管有多少难挨的事，我一定忍受到底，学会本事出了师，让爹和娘过好日子。在这以前希望娘找个正经事儿来维持生计，千万不要嫁人！’可是，一个女人能做什么？尽管每天拼命贴火柴盒子，却依然连三顿饭都没着落。生来多病的我又不能在人家厨房里洗呀擦的，所以在同样是辛酸的行业里找个不需要劳力的活儿来干。这都是没法子，并不是我天性风流，爱浮华。可是，我那儿子一定恨我没出息吧？这么想来，平常不在乎的这个大岛田髻，今天却臊得不敢照镜子了。”

在黄昏后的花街里，也有对着镜台像这样伤心落泪的窑姐儿。

连那菊井楼的阿力也不例外，她也并不是魔鬼的化身，她因为种种原因，才只身漂泊到这种地方来，信口胡说，开着玩笑，嘻嘻哈哈地过日子。提起人情来，就像包在吉野产的薄纸里的萤火虫的光一样，只有那么一点点；要永远忍着眼泪不让它落下来，哪怕有人为自己死了，却还侧着脸说：“死就死了吧！”可是，这些举动都不是出于她的本心，是环境逼迫她学会这套本领的。有时候悲哀的事、可怕的事积在她的心头放不下，但是又不愿意让别人瞧见自己泄气的样子，就独自伏在二楼房间的壁龛上低声啜泣。无论有多么难过的事，她也从来没对姐妹们诉过苦。因此大家说她是要强能干的孩子，却没有人知道她本是个多愁善感的女子。

七月十六日的晚上，每家妓馆都生意兴隆，客人们热热闹闹唱着情歌什么的。菊井楼的楼下房间里也来了五六个商店的伙计，有的得意扬扬地唱着荒腔走板的歌谣，有的拉开可怕的破锣嗓子大唱："身穿轻罗衣，来到平康里……"他们催促阿力说："力姑娘干什么不吱声！这回该轮到你唱歌表明心事啦，来一个，来一个！"

"虽然不敢明说，我的意中人就在你们里面呢。"

阿力照例一视同仁地给客人灌了迷汤，让他们开心，在一片喝彩声中她唱着：

奴的相思好比溪上的独木桥，

过着害怕，不过又……

她唱到这里，就像突然想起了什么事似的说：“哎，稍微失陪了，请原谅！”就放下三弦站了起来。

“上哪儿去！别跑！”客人们起哄说。

“照姑娘，高姑娘，替我照顾一下，我一会儿就回来。”

阿力说罢，快步走出房间，穿过走廊，连头也不回地下了门口的台阶，脚尖拖着木屐，消失在对面小胡同的黑暗里。

阿力一口气跑出菊井楼，边走边想：“要是能够的话，真想一直走到天涯海角去。哎，烦死了，烦死了，怎样才能走到听不到人声，也听不到别的声音的一片寂静的地方呢？要是能重新拾回自己的内心，把一切事都看破，不需要再伤心劳神，那该有多好啊！我多久能摆脱这个烦恼、无聊、苦闷、悲哀的生涯呢？难道这就是我的一生吗？我的一生就是这样的吗？哎，烦死了，烦死了！”

阿力一边想着，一边恍恍惚惚地靠在路边的树干上，在那儿站了一会儿。好像从什么地方传来刚才自己唱的那支歌：

过着害怕，不过又……

“没有法子，恐怕我们还是不得不过那个独木桥。爹要过那个独木桥，失脚跌进溪流里，听说爷爷的下场也跟他一样。我是背了好几辈子怨恨的人，在没有尝尽人世的辛酸以前是想死都不能死的。不管多么难挨，也没有人会怜悯我。如果说些伤心话，人家马上会认为我是讨厌现在那个生意。唉！爱怎么样就怎么样吧。不知道就不知道，我就这样做菊井楼的阿力混下去吧。没有人情，不知道情义，随你们去骂我好了。我可不在乎这些事，即使我在乎又有什么用呢？我就是这么个人，背着这样的身世和这样的因果，所以不管怎样挣扎，归根到底还是比不上普通人。那么想这些普通人的心事，自个儿伤心，又有什么用！哎，阴沉沉的，干什么站在这种地方？跑到这种地方来打算做什么？多无聊！像发了疯似的，自己也不知道怎么回事哩。还是赶紧回去吧！”

阿力离开黑暗的小胡同，来到道路两旁摆满摊子的热闹的夜市，为了解闷散心，毫无目的地漫步走去。她觉得那些来往的人的面孔好像个个都非常渺小，就连那些擦身而过的人的面孔，她也觉得仿佛离自己很远似的，踏在脚下的大地好像忽然长起一丈多高，她虽然听到了喧哗的人声，但是和从深井里传来的一样。人的声音是人的声音，自己的心事是自己的心事，好像这两者互不相干似的，没有一样事情能使她关心。她虽然走过围着一大群人看两口子打架的屋檐下，但觉得自己仿佛是只身走在萧索的荒野，没有一样情景能引起她的注意。阿力自己也有点害怕起来，怀疑自己神经错乱，失去了理智，说不定会要发疯。她越想越怕，不由得停住脚步。这时候有人拍了拍她的肩膀道：

"阿力，上哪儿去？"

六

"十六那天我一定等着你，你不来可不成！"阿力不但压根儿忘掉了自己曾经说过的这句话，并且在这以前也丝毫没想起过结城朝之助；因此，现在偶然在路上遇见了他，就是不由得吓了一跳，"呀！"地叫了一声。结城觉得她异于平常的狼狈样子很可笑，就哈哈大笑起来。

阿力有点难为情地说："因为边走边想心事，所以突然瞧见了你，吓了一跳。谢谢你今天晚上来瞧我。"

结城责怪她不守信用，竟不遵守那一再定好了的约会。

"随便你骂我好了，回头再对你说吧。"阿力说罢，就拉着他的手往前走。

"会给爱管闲事的人看见的呀！"

"随他们去好了，我才不怕呢！"阿力说着，挤开人群把他拉回菊井楼来。

在楼下的房间里，客人们仍然吵呀闹的，他们不满意阿力中途逃席。这时候有人在门前喊了一声："呀，回来了！"

客人们一听，就口口声声嚷着说："喂，哪有把客人丢下不管，中途逃席的规矩？既然回来了，应该马上到这里来。不来我们可不答应！"

阿力却压根儿没理他们，带结城到二楼房间里来，派个人去给楼下的客人道歉说："今晚又头痛，所以不能陪老爷们喝酒。要是跟大伙儿坐在一起，只闻酒气就醉了，说不定会做出失礼的举动，所以稍微休息一下再说，现在我要失陪了。”

结城从旁劝她说：“你这样做行吗？他们不会生气吗？要是闹起来会引起麻烦的呀！”

阿力却满不在乎地说：“不过是商店的伙计罢了。这群傻瓜能闹出什么事来，要生气就生气好了。”

她吩咐小丫头预备酒，等酒一来，就对结城说：“结城先生，今晚我有了一点不痛快的事，神经有点不正常，所以请你别见怪。可能我要喝个痛快，你也不要制止我好不好？要是我醉了，你就看护我。”

“我还没有见过你喝醉酒，你爱喝多少就喝多少吧。可是，不会又犯头痛病吗？到底有了什么事叫你这么不痛快，不能告诉我吗？”

“能，正想请你听一听呢。等我醉了，自然会讲。不过，你可别吓着！”阿力说着，嫣然一笑。接着她拿起大茶杯来，一口气呷了两三杯酒。

那平时不怎么留意的结城的风采，这一宵却好像跟平常不同，他身体魁梧，说话时不慌不忙，态度从容，连那两只炯炯有神的眼睛，也好像有一种威严似的，令人发生好感。阿力像头一次看见他似的欣赏着结城那理得很短的乌黑的头发和发际显得很清楚的脖子。

“你怎么啦，恍恍惚惚的？”

“在端详你的尊容呢。”

“这家伙！”

阿力被结城瞪了一眼，笑着说：“哎，多可怕！”

“别开玩笑了。今晚你的样子和平常不同。要是问你，你可能又生气；不过，我还是要问你，你到底有了什么事？”

“并没有飞来什么横祸，即使跟人家发生了纠纷，那也是家常便饭，我并不把它放在心上，更不会为它伤心。有时候我也这样任性耍脾气，可是，并不是什么人得罪了我。归根结底，都是因为我的性情不好。我是个出身下贱的人，你却是个名门出身的人，也许我和你想的不一样，即使你笑我，我也情愿。今晚我要原原本本对你说。可是，唉！不知从哪里说起，心乱得很，讲不出来。”

阿力又拿起大茶杯接连地喝了几杯酒。

“首先，你要明白我是个什么人，我是真正下贱的女人哩。我本来就不是什么良家闺秀，你也可能明白一些我这行业的性质。尽管嘴上说得挺好听，但在我们这些姐儿们里如果有真正像‘泥中莲花’那样不染坏习气的姑娘，别说是生意兴隆，连来瞧她的客人都不会有的。你和别人不一样，其他那些到这儿来玩的客人，十个里有八九个都是这样。有时候我也想到那些人家的妻子，看来她们并没什么见不得人的事，也没有什么难过的事，所以我想应该从良，哪怕住在连檐房里也好，去当人家的妻子。可是，我就下不了这个决心。那么，就别理那些客人吧，实际上这也办不到，因此每次都不得不信口胡说，说些‘可爱’啦，‘想你’啦，‘爱你’啦什么的敷衍别人。竟有些人信以为真，想把这种下流女人娶作老婆。连我自己也不敢想。说起来，我初次见你的时候就打心里爱上了你，连一天不见你的脸就想坏了。可是，如果你说出想把我讨去做太太，我又该怎样呢？做你的太太不太情愿，不在一起又想你。用一句话说，我这个人是天生风流的女人。唉！是谁使我变成这样的女人呢？我祖宗三代都是不中用的人，‘不中用’是代代传下来的，比如就说我那老爹吧，他的一辈子也够可怜的了。”阿力说着，不禁落下了泪。

“你父亲是干什么的？”

“爹是手艺人。爷爷是读过方块字的人。就是说，他是跟我一样的疯子，听说因为他写了对世上没有益处的书，被衙门把书烧掉，还挨了罚，所以气得绝食自杀了。虽然他出身下贱，却从十六岁立志以来直到六十多岁，一直专心研究学问，可是始终一无所得，徒然成为人家的笑料，如今连知道他名字的人都没有了。小时候我经常听我爹唉声叹气地谈这些事情。我爹三岁的那一年失足从廊檐上跌下去，从此跛了一只脚。他不愿意出外谋生，只在家搞金属的修饰手艺。他为人高傲，不会应酬，所以没有喜欢他的顾客。哎，那是我七岁那年冬天的事，在大冷天里全家大小三口还穿着旧单衣。爹好像不知道什么叫冷似的埋头琢磨他的活儿。娘在破灶上放着破锅，叫我去买米。我一手拿着筛子，一手握紧铜钱，高高兴兴跑到米铺去了。可是，回来的时候我冻坏了，手脚僵了，来到离家只有五六个门的地方，一不小心滑在沟板上的冰上，大米从缺了一块沟板的空隙哗啦啦地撒进沟里去了。沟里流的是脏水，虽然伸头瞧了又瞧，可是没有法子拾起来。当时我不过是七岁的小姑娘，可是家里的情况、父母的心，我都知道得很清楚，实在不敢把空筛子带回家去说大米撒在路上了。我站在那里哭了好久，可是没有一个人问我哭什么，即使有人问我，也没有一个人替我买米。假使当时附近有河，有池塘，我准会跳进去自杀的。你光听我这么说，不会想象到当时的悲惨情景吧。我的神经错乱，可能是从那时候开始了的。后来娘担心我回来得晚，亲自出来找我，我才跟着她回了家。虽然娘一句话没说，爹也没开口，家里没有一个人责骂我，可是，整个屋里静悄悄的，没有一点响声，听见的只有叹息声罢了。这比挨了一刀还难受，在爹说出‘今天一天别吃饭了！’以前，我一直是连大气都不敢出。”

阿力说到这里，再也止不住涌出来的眼泪了，她用红手绢捂着脸，咬着手绢的一端不作声。屋子里非常寂静，只听到奔着酒香而来的蚊子的嗡嗡声。

当阿力再把头抬起来的时候，虽然颊上还留着泪痕，但已经露出寂寞的微笑了。

“我就是这么个穷人家的孩子。神经错乱还是从前代传下来的，如今还经常发作呢。今晚又说出这么莫名其妙的事来，你一定不爱听吧？我也不再说了，如果你厌烦了，就请原谅我吧。还是叫她们来热闹热闹好不好？”

“不，在我面前不必客气。你父亲死得早吗？”

“早。在娘患了叫什么肺结核的病死了以后，还不到一周年爹也跟着死了。现在如果活着，也还不到五十岁。可是，纵然名人也罢，像这种出身的人还能做出什么事来？我还不就是这样嘛！”阿力说着露出不胜悲哀的神情来。

“你是想发迹吧？”朝之助突然问道。

阿力说了声：“什么？”怔了一下，但马上改变口气说，“唉，像我这种人想发迹又有什么用？顶多配做人家姨太太罢了，哪敢奢望当少奶奶呢？”

“撒谎也得看对什么人，不应该在知己面前瞒着你的心事。你也太傻了。这需要什么客气，下个决心干一番吧！”

“呀，别替我打气了。反正我是个下贱人，这是没有法子的事啊！”阿力悄然说，不再开口了。

夜深了，楼下的客人也不知什么时候回去了，传来了关大门的声响，朝之助吃了一惊，打算要回去，阿力却无论如何不放他走，不知什么时候，连木屐也给藏起来了。假使有幽魂的本领还可以从大门缝溜出去，但脚下没有木屐穿的朝之助只有在这里住下了。于是到处传来上门闩的声响，接着，从门缝射到马路上的灯光也熄灭了。只有到处巡逻的警察的皮靴声冲破了深夜的寂静。

七

“想起这些来又有什么用呢，还是死了这条心吧！”源七虽然在心里这样想，但马上又情不自禁地回忆起去年盂兰节时两人穿着新做的花样相同的单衫，双双参拜藏前庙的情景，因此在盂兰节前后连出去干活的心情都没有了。

“你这样不太好吧？”

源七连老婆这样劝他的话都觉得讨厌，躺在铺席上说：“喂，别叨咕，不要讲！”

“不叨咕可过不得日子哩。可是你的病还是这样，如果你能改变心肠，病马上就会好的。求你稍微收收心，加把劲干活儿吧！”

“你老是这样说，连耳朵都听腻了，我听不进去，还是打酒来吧，要是肚子里有了酒，也许能解闷。”

“如果家里有打酒的钱，我是不会求不愿意干活儿的人出去挣钱的。尽管我从早到晚不停手地搞副业，顶多能挣到一角五分钱，全家大小三口子连喝碗米汤都不够，你还叫我去打酒，实在是太不讲理啦。虽然到了盂兰节，连昨天我都没钱做江米团子给孩子吃，更不要说给祖宗上供了。没法子才点了一盏灯，算是向祖宗赔礼。你想想这都是谁的错？都是你行为不检点，受了阿力那种女人的欺骗。我并不愿意说不好听的话，但你是个对父母不孝、对儿子又不尽父亲责任的人。我求你哪怕一星半点也好，为孩子的前途想一想，从此改变心肠务正业吧。喝酒解闷不过是一时的办法，如果你不真心改邪归正，我怎么能够放下心呢？”

尽管老婆唉声叹气，源七却压根儿不开口，只是不时长叹，一动不动地仰卧着。阿初觉得他太无情了，心里一阵难过，不禁又叨咕说：“你到了这个地步还忘不掉那个阿力吧？我和你是十年的夫妻，已经有了一个孩子，你却情愿叫我尝尽苦头，叫独生子穿破衣服，住在一个只有六铺席房间的、像狗窝似的小屋里，被人耻笑，被人看不起。到春分节和秋分节，隔壁邻舍都互相赠送豆沙年糕、江米团子什么的，可是街坊们却说：‘别送给源七家，省得他们为还礼操心。’虽然这可能是出于好意，但在十家连檐房里不来往的只有咱们一家。你是个男子，平常不在家，不必把这些事放在心上；女人却不同了，这么一来，我也怕见人了，连早晚打招呼的时候都要察看人家的眼色。这种日子过得多难熬呀！你却压根儿不体谅我的苦衷，整个心都用在那个姘头身上。人家心里压根儿就没有你，你怎么还那样着迷呢？连白天都像做梦似的念叨她。简直发了疯。你忘掉老婆，忘掉孩子，连命也打算送给阿力吗？唉，太糊涂，太气人，太叫人伤心啦！”

阿初气得连话都说不下去了，只在眼里含着怨恨的眼泪。

屋里没有一个人说话，窄小的屋子里显得特别冷清。天已经黑下来了，平常就阴暗的连檐房更增加了凄惨的气氛。阿初心想：该是点灯、烧蚊香的时候了。就站起来，从门缝里往外看。这时候太吉高高兴兴回来了，手里还抱着一个大纸包。

"娘，娘，这是有人送给我的。"

太吉满脸笑容，跑进屋里来。把纸包打开一看，里面是新开街日出点心铺的鸡蛋糕。

"呀，这么贵的蛋糕，是谁给你的，你道谢了没有？"

"嗯。我是鞠了躬才拿来的。就是菊井楼的鬼姐儿送给我的呀。"

阿初一听倏地变了脸色。

"哼，那个不要脸的东西！让我们家败到这个地步还觉得不够吗？想利用孩子引诱他父亲的心啊！她到底说些什么话送给这个的呀？"

"我在马路上热闹的地方玩，她就跟一个我不认识的伯伯过来说：'给你买点点心吃，到这边来！'我说不要，她却把我抱去买了点心。这个蛋糕不能吃吗？"年幼的太吉猜不到母亲的心，偷偷看着她的脸，不敢马上吃蛋糕。

"哎，即使你年纪小，你也实在太不懂事啦。那个姐儿不是鬼吗？不是使你爹变成懒汉的鬼吗？你没有了衣裳穿，没有了房子住，这都是那个鬼干的好事，她是个狠狠咬她一口都还不够解恨的魔鬼，你却拿了她的东西，还问我能不能吃，真叫人伤心！这么脏、这么下贱的蛋糕，放在家里都叫人生气，你马上给我丢到外面去，给我丢出去呀！难道你舍不得丢吗？你这个畜生！”

阿初边骂边拿起纸包，冲着后边的空地用力一扔。纸包破了，蛋糕滚出来，有的越过竹篱笆一滚滚进阴沟里。源七猛然坐了起来，喊了一声：“阿初！”

“什么事？”阿初爱搭不理地说，连头也没回。

源七瞪着她的侧脸说：“你别太瞧不起人！人家不吱声你就越骂越有劲，你到底打算怎样？既然人家认识我的孩子，送给他一点蛋糕什么的，这有什么稀奇，孩子拿了她的东西，这又有什么不好？你骂太吉是畜生，是指桑骂槐，是借着孩子骂我呢吧？当着孩子骂他的父亲，这种规矩是谁教给你的？你骂阿力是鬼，我看你是个魔王。窑姐儿哄骗客人有什么稀奇？可是做妻子的可以乱骂自己的丈夫吗？我虽然当了苦力拉大车，可是丈夫自有丈夫的权力，我不能把讨厌的女人留在家里。你爱上哪儿就上哪儿，随便你滚！马上给我滚！你这种女人太不知好歹啦！”

“你太不讲理啦，你不该这么多心。我为什么要讥讽你？因为这孩子太不懂事，我又恨阿力做得太过分，才随便骂了几句。可是你竟叫我走，你也太过火了。我说那些不好听的，都是为了这个家，如果我打算离开这个家，谁情愿过这个穷日子，一直忍到今天？”阿初哭着分辩说。

“要是过穷日子过腻了，你就到你喜欢的地方去吧！家里没有你，我也不至于讨饭吃，太吉也不至于睡在外面。一天到晚不是骂我就是吃阿力的醋，我已经受够了，再不愿意听你的啦！要是你不走，我自己带小鬼走，反正都是一样，这个破房子有什么值得留恋的！等我走了，你就随便骂我好了。怎么样，是你走，还是我走？”源七恶狠狠地说。

“这么说，你是真心想休我吗？”

“这还用说！”源七答道。看那样子，和平常的源七完全不同了，就好像换了一个人似的。

阿初心里又气又恨又难过，连话都说不出来了。她忍住涌上来的眼泪说：“这是我不对了，请原谅我吧！我不应该把阿力好心买给孩子的东西丢到外面去。你说得不错，我骂阿力是鬼。我就是魔王。我再也不说了，绝不说了，从此不再骂阿力这个那个的了。我不再背地里说她的坏话了。所以请你原谅我，别把我休了。并不是我旧事重提，可是你也知道我是个举目无亲的人，还是由房东的老管家做媒人，从他家嫁过来的。要是现在让你休了，我就没有地方可去了，还是让我留在这儿吧。你虽然恨我，请看在孩子的面上让我留下吧！我在这儿给你赔不是啦！”阿初两手放在铺席上哭着赔了罪。

“不，我不能留你！”

源七只说出这一句话，就压根儿不开口了，他面朝墙壁，阿初说什么他都好像没听见似的。

阿初不禁惊疑地想：“他过去不是这么刻薄的人呀！”她觉得被女人摄住了魂的人，心竟变得这么狠，别说压根儿不顾妻子的悲伤，说不定会让可爱的孩子饿死呢。即使现在赔个不是，他也一定不会答应的。于是她下了决心，喊着：“太吉，太吉！”把孩子招呼过来，她问道：“你喜欢爹呢，还是喜欢娘，你说说看？”

“我不喜欢爹，他什么都不给我买。”孩子老老实实回答说。

“那么你要跟着娘，娘到哪儿，你也跟着到哪儿吗？”

“嗯，跟你去。”孩子满不在乎地说。

“你听见了吗？太吉说他要跟着我。他是个男孩子，你一定舍不得，但我可不能把他交给你。我要他，我叫他一直跟着我。你同意吗？我要把他带走！”

“随你的便得了。我不要孩子，什么都不要。房子、家具，统统不要。你爱要什么就拿什么好啦。”源七仍然躺在铺席上，连头也不回地说。

“你哪儿来的房子，哪儿来的家具？别说大话啦！要什么拿什么？从此你就成了光棍儿一身，爱做什么就做什么，逛窑子也罢，干什么也罢，随便你胡搞吧！以后你怎样想孩子，我可不能还给你呀，听见了吗？我可不还给你呀！”

阿初又叮嘱了一次，拉开壁橱，找出一个小包袱来，对源七道：“这是孩子的睡衣，还有肚兜和腰带，我只带走这些东西。你刚才说的并不是肚里有酒说的胡话，所以不能指望你清醒了以后会后悔，但是我劝你再仔细考虑一下。俗语说：哪怕是穷孩子，只要有父母在，就能过得像财主一样。难道你不想一想，要是我们分离了，孩子不是缺娘就是缺爹，可怜的还是这个孩子吗？唉，坏了心肠的人怎么能懂得疼孩子？我们再见吧！”

阿初说罢，一手提着包袱，走出了门。源七却只说：“快滚！快滚！”并没有把阿初叫回来。

八

过了盂兰节没有几天，家家门口的灯笼还发着幽暗的灯光，这时候从新开街抬出了两口棺材。其中一口是用杠抬的，另一口是用手搭的。用轿子抬的那口是从菊井楼的别院悄然抬出去的。站在路旁看热闹的人们互相窃窃私语说：

“那个姑娘被那种家伙看中了，实在太可怜啦！”

“不，听说她是同意的呢。那天晚上，还有人亲眼看见他们俩站在寺院的山上说着话呢。女的因为对方是过去的老相好，从情义上讲也不好意思拒绝他的要求吧。”

“像那种女人懂得什么情义？听说她从澡堂回来的时候在路上遇见了男的，可能她不好意思不理他而逃走，才和他一起走着说些话，应酬应酬。她是从背后挨了一刀，脸上也有擦伤，还从脖子上刺进了一刀，另外还有许多伤痕。她的确是想逃跑的时候挨了刀的。相反，那个男的却大大方方来了个剖腹自杀。从他开被褥铺的时候起，我一直把他当作没什么本领的家伙，没想到竟死得很从容，真是个好样的！”

“总之，菊井楼的损失可真不小。听说那个姑娘已经找到了有钱的相好，这回可不得不把财神爷放走啦，这多可惜呀！”有人幸灾乐祸地说。

街头巷尾，议论纷纷，虽然大家猜测得不一样，但是此恨绵绵无绝期，人们传说有个发光的东西拖着尾巴，时常在那大家管它叫作“寺院山”的土岗上飞来飞去的。那是灵魂呢，还是什么？

十三夜

十三夜

上

在平日，阿关一向是坐着威风凛凛奔跑的黑漆包车回娘家的。当车停在家门口时，父母听到就会说：“呀，车停在门口了，是闺女回来了吧？”一同出来迎接；可是今天，她连街上拉坐的洋车都没坐，悄然走到家门口，站住了。一听，爹照例扯开嗓子大声说：“说来我是个有福气的人呢，孩子们都孝顺，一点也不操心，连街坊们也经常夸奖他们。如果没有过分的奢望，还有什么不满足的呢？哎哎，实在太好了！”爹好像是在对娘说话呢。

“唉！两位老人家什么都不知道，还那么欢欢喜喜的，我哪有脸开口请求他们替我要来休书呢？挨骂是免不了的了。已经有了太郎这个孩子，却连孩子也不顾就跑了回来，我是经过反复考虑才下了决心的。

可是一想到这件事会惊动老人家，使他们的欢喜立刻化成泡影，我就不知道怎么办好了。还是就这样回去吗？要是现在回去，我依然是太吉的母亲，是原田家的夫人，不但能让两位老人家自夸女婿是奏任官[1]，如果自己节省些还可以经常送给他们一些喜欢吃的东西啦，零用钱什么的。相反，如果达到愿望离了婚，就会叫太吉尝到后娘的滋味，连老人家也不能再自夸，见人还要低头哈腰的了。还有那些街坊的猜疑，弟弟的前途。唉！弟弟因为我不得不失去他发迹的门路。还是回去吧！回到那鬼一般的丈夫那里去吗？回到那个鬼，那个鬼丈夫的身旁吗？不，不，我才不愿意呢！”她想到这里，浑身战栗，失去了重心，猛然间撞在格子门上。

“谁？”从里边传出爹的一声吆喝。他以为是过路的野孩子在淘气。她吃吃地笑着，娇声回答说：“爹，是我。”

“呀，是谁，谁呀？”老爹拉开纸门，“嗬！原来是阿关。干吗站着，干吗来得这么晚？没有坐车，也

1 由首相奏请天皇任命的高等官。

不带一个女用人。好啦，好啦，快进来吧。你来得太突然，叫老爹都发了慌啦。别管格子门，我来关。进屋去，坐到有月光的地方去！来，坐在垫上，坐在坐垫上呀，铺席太脏了，我已经告诉房东换个新的，听说铺席匠没有空。别客气啦，不坐坐垫会弄脏衣裳呢！唉！干吗来得这么晚，家里都平安吗？”

爹和平常一样高高兴兴地款待闺女。他依旧把阿关当夫人看待。阿关如坐针毡，拼命忍着眼泪道：“是，虽然气候不好，却托您的福，全家大小都平安。这么久没来瞧您，实在太对不起了。您和娘都很好吗？”

“嗯，我嘛，连喷嚏都没打过。你娘有时候还发作月经痛什么的，不过盖上被子躺上半天就又跟没事儿人一样，所以没什么大不了的。”爹说完哈哈大笑。

“今天晚上怎么不见亥之呢，他上哪儿去了，那孩子还那样用功吗？”阿关问道。

老娘满脸笑容，一面斟茶一面说：“亥之刚才上夜校去了。那孩子也多亏你帮忙，前些天还加了薪，科长先生也喜欢他，真叫我放心不少了。这都是原田先生的面子，你爹每天不离嘴地感谢着呢。你是个伶俐人，不用我多嘴，不过今后也设法讨原田先生的欢喜吧。亥之那孩子不会说话，见了原田先生也不过是结结巴巴地打个招呼罢了，所以你在当中替我们传达谢意，拜托他关照一下亥之的前途才好。现在进秋天了，气候不怎么好，太郎还淘气吗？今天晚上为什么没把他带来，爷爷正想他呢。”

阿关听着心里一阵难过，回答道：“本来想把他带来，因为那孩子有早睡夜醒的毛病，我来的时候早就睡着了，所以这回没有带来。真是的，越来越淘气，压根儿不听我的话。我要出门他就追我，我在家里他就缠我，实在太费事。他怎么那样不懂事呢？”

阿关说到这里不由得心中难过起来，心想：虽然把心一横，把他丢在家里走出来，这时候恐怕他睡醒了，“娘、娘”地吵着，麻烦着那些女用人，也许连饼干、米糕都不要，女用人拉着他的小手吓唬他要去喂鬼什么的吧？唉，多可怜！——想到这里，她恨不得大声哭出来，但一看到双亲高兴的脸又不敢说出心里的悲哀，接连吸了两三口烟，装作呛了嗓子的样子，“吭吭”地咳了几声，悄悄地用衣袖擦眼泪。

“今天是旧历九月十三，虽然是老风俗，娘也学着赏月什么的，做些江米团子供月亮。这是你爱吃的东西，我想叫亥之给你捎去点，那孩子却怕难为情，劝我别把这种东西给你捎去。而且中秋那一天我也没有送什么礼，这样反而不怎么好；所以虽然心里惦着，却没有把它送给你吃。今天晚上你来了，我还在做梦似的，这准保是神佛保佑我遂了心愿。即使你在家吃够了甜的，可是娘亲手做的味道不同，今天晚上你要放下夫人的架子，回到从前的阿关，毫不拘束的，毛豆呀，栗子呀，你爱吃什么，随你吃个痛快，让娘瞧瞧。我经常跟你爹谈论着你，说出息是出息了，外表也很像样了，但是平常要摆出原田家夫人的派头跟那些门第高贵的显官太太来往，恐怕是够苦的呢，支配女用人，跟出入公馆的商人、匠人们打交道，当个人上人，说不定比别人多几倍劳苦。加上有这么个不体面的娘家，为了不被轻视，更要加倍操心。你爹和我虽然很想瞧瞧外孙和闺女，可是去的次数太多又怕让人讨厌，所以不敢经常到公馆去串门。真的，有时候路过公馆门口，但一瞧自己身穿布衣、打着洋缎旱伞的寒碜样儿，就不得不快步走过去，只是从眼角里望着挂在二楼的竹帘，心想：哎，阿关在干什么呢？要是娘家稍微有办法，你在别人面前也会体面一些，你的心情也会开朗些。可是，你瞧，虽想给你捎去供月亮的江米团子，先不说别的，装它的套盒就太寒碜了，在别人面前真拿不出来！”

她听到母亲的话里，高兴之中却带着牢骚，抱怨家境不好，没法时常往来，就说道：“我真觉得自己不够孝心的。娘说得很对，出门穿绸料衣裳坐包车，表面看来很体面；可是虽然想经常孝顺父母，却不能如愿，只不过是披了一件极漂亮的外衣，远不如每天坐在双亲身旁，给人做女红什么的舒服呢。”阿关微微吐露了心里的话。

“傻话，傻话！哪怕是开玩笑，你也不该说出这样的话来，已经出嫁的人想补贴娘家父母，这是非常错误的想法。从前在家里的时候你是斋藤家的闺女，如今出嫁了，你就是原田家的少奶奶了。你应该做的事，除了要讨姑爷的喜欢，求家庭的和睦以外再没有别的了。尽管你在原田家劳神费心，但既然你有这么大福气，做他家的少奶奶，那么绝不会承担不起这么点辛苦。女人就爱叨咕，真讨厌。你娘不该说出无聊的话。她因为不能让你尝尝江米团子，今天叨咕了一整天。看来江米团子是费了不少心做的，你多吃几个让她开开心吧。准保甜得很哪！”爹开玩笑地说。

阿关被他岔开话，不好再说下去，只好怀着感谢的心情吃栗子和毛豆。

自从阿关出嫁以来整整七年，从来没有一次这么晚到娘家来过。不带礼物，一个人走着来，这也是从来没有过的。阿关的父亲暗暗纳闷，这么一想，觉得闺女身上的衣裳好像也没有平日华丽。因为意外地见到了离别已久的闺女的脸，使他高兴到没有注意这些，但现在一想，她连一句女婿问候的话也没带来，虽然强装笑脸，神情却是无精打采的，这一定有原因了。爹瞧着桌上的钟，用试探的口气说："已经快十点了，阿关能住在这儿吗？要是回去的话该是时候了！"

阿关像刚刚见面似的抬头凝视着爹的脸。

"爹，我是有请求您的事才回来的。请听我说。"

当她两手按在铺席上郑重地向爹开口的时候，第一滴眼泪夺眶而出，它泄露了女人的不幸遭遇。

老爹脸上顿时紧张起来，把身子往前一挪，问道："正颜正色的，是什么事？"

"今天晚上，我是抱着不再回原田家的决心出来的。事先没有得到他的允许，我把孩子哄睡后，决心不再瞧孩子的脸就走出来了。我把那除了我谁都不要陪着睡的孩子哄睡了，趁他做梦的当儿，把心一横就走出来了。爹，娘，请体谅女儿的苦衷。以前我从来没有把原田的种种横行霸道的事对爹娘讲过，也没向旁人提过我们两口子究竟是过着什么样的日子。不过，经过我反复考虑，含泪忍受了两三年，一直熬到今天，因为实在不能再忍受了，才下了决心，打算请求爹娘替我讨休书。从此以后，我搞副业也好，搞什么别的也好，我愿意给亥之做个帮手来奉养爹娘。所以，让我一辈子留在你们身边吧！”

阿关说到这里，“哇”的一声哭了出来，为了压住哭声，她紧紧咬住了衣袖，眼泪弄湿了袖子上面的染印的水墨画的竹子，几乎化成了紫竹，真怪可怜的！

“这是什么缘故？”爹娘双双往前挪了挪，问道。

“虽然一直瞒着没有说，但是如果把我们夫妻相处的光景瞧上半天，就能明白其中原因。他对我说话只是在有事的时候用斥责的口吻下命令罢了，早上起来我问候他，他就忽然把脸掉过去，故意赞扬院子里的花草。我虽然很生气，但他是我的丈夫，我始终忍气吞声，从来没跟他吵过嘴。他却从吃早饭起，整天脏话不离嘴地骂这骂那的，在用人面前数落我这么笨啦，那么不懂得礼貌什么的，动不动就用轻蔑的口吻说我没有教养。本来嘛，我没有在贵族学校里念过书，也没有像他同事的太太们那样学过花道、茶道、作歌、画画，所以不能陪他谈论这些风雅的事。不过，既然他知道我不会，那么悄悄地请老师让我学习就行了，并不需要公开讥讽我出身不好，害得我连在女用人面前都抬不起头来。虽然在嫁过去以后半年的光景里，他也喊着‘阿关、阿关’地宠爱过我，但自从有了那个孩子以后，好像换了一个人似的，想起来都令人害怕。我好像被推进了黑暗的深谷里，从此再也见不到温暖的阳光了。起初，我还以为他折磨我是故意跟我开玩笑，后来，我知道其实他已经讨厌我了，他计划着这么做我可能回娘家，那么做我可能提出离婚，就想尽了方法折磨我。爹和娘都知道我的性子，哪怕丈夫在外拈花惹草，或者是娶姨太太，我也绝不会吃醋。我从女用人们的闲聊当中也听说一些这种风声，但他是个有才能的人，爷儿们好色是家常便饭，我没把这些事放在心上，对他出门时的穿戴什么的也格外费心照料，尽量设法不惹他生气。可是他，凡是我做的都不顺眼，动不动就骂我说：家庭不愉快是妻子的责任。那么他应该告诉我哪里不对、哪里不好才对呀，他却只是一味乱骂‘无聊的家伙’啦，‘不懂事’啦，‘根本不能商量问题’啦什么的，还用讽刺的口吻说：‘我是把你当作太郎的奶妈留在家里的。’真的，他不是丈夫，是魔鬼。虽然他从来没公开提出过离婚，但他看我为了不忍舍弃太郎，只好忍气吞声，唯唯诺诺地听他训斥，他就骂我：‘没志气，没骨头的笨蛋！我头一宗就不喜欢你这个性子。’那么如果我信以为真，跟他讲道理，稍微顶顶嘴该怎样呢？这才叫中了他的意呢，他马上会借故把我赶走。娘，离婚我是不在乎的。被那个光是外表漂亮的原田勇休了，我是压根儿没有什么舍不得的。只是一想到天真的太郎从此失去了亲娘，就气也没了，心也软了，拼命道歉，和颜奉承，为了一点子事也把自己责怪一通，没有一声怨言地忍受到今天。爹，娘，你们女儿的命好苦啊！”

阿关把心里的愤恨、悲哀统统吐露在双亲面前。原来闺女在男家受着这般磨难。老两口子面面相觑，不禁愕然，一时竟说不出话来。还是做娘的心肠比男人软，听到闺女的诉苦，她气得切齿痛恨道：

“不知道孩子他爹是怎么个想法，我可不能不吱声。这孩子本来就不是咱们要求做他家夫人的呀。如今竟嚷着什么门第不高啦，教养不好啦，亏他有脸说得出来。即使他们忘掉了，我可连日子都记得清清楚楚的。那是阿关十七岁那一年，连门松都没有撤去的正月初七早上。阿关在从前住的猿乐街的房子门口跟隔壁小姑娘打羽毛球玩。那时候我们姑娘打的白羽毛球恰恰落在走过那里的原田先生的包车里。阿关追去要回羽毛球的时候，和原田先生打了个照面，从此他就看中了阿关，托个媒人一再提亲。我们每次都谢绝说：‘我们和他门第不同，而且孩子年纪太小，礼法、女红什么的都没有学过，至于嫁妆更不用提了，家境也不好，没有力量替她置办。’对方却说：‘家里并没有爱体面的公婆，是我看中了她，愿意娶她，还提什么门第不同。礼法等等，在嫁过来以后，也可以让她跟老师学习，所以别担心这一点，总之，答应嫁我，我就会爱护她，照顾她。’像这样催了又催，我们并没要求，可是他却替她置办些嫁妆，送了过来。

也就是说，阿关是被他爱上的老婆。平日我和你爹躲着不到原田家去串门，并不是畏惧他的身份。我们的闺女不是卖给他做姨太太的。是他托人求了又求，正式娶作夫人的，她的亲生父亲本来可以大模大样地到他家去串门。只因为人家有钱我们穷，不愿意让人猜疑我们借你的光常来求女婿接济。因此虽然并不是打肿自己的脸充胖子，但两家的应酬来往我们尽力做到适合男家的身份，平常连想见闺女都不轻易去瞧。他说得多没良心！活像拾了个孤女似的，数骂我的女儿不会做这个做那个的，真亏他有脸说得出口。要是不作声，他更不在乎了，惯成毛病还了得！头一宗他在用人面前使你降低了夫人的威严，到末了弄得没人听你的话；说是教育太郎吧，如果孩子瞧不起母亲，该怎么办？该说的话应该说清楚，他骂你态度不好，你就说'我也有个娘家哩'，然后回到爹娘身旁来。真的，你也实在太傻啦，受这么大的折磨，还一直忍到今天不吱声。都是你性子太老实，人家就抓住这一点，越发不讲理了。光是听着都气坏了娘。你别再胆小了，虽然是穷人家出身，但你也有爹有娘，虽然年纪还小，但也有亥之助兄弟，别在火坑里受罪了。对吧？孩子他爹，你去找他讲讲理，好好教训教训他！”

老娘气得不顾一切，愤愤地说。老爹从刚才起就抱着胳膊，闭着眼睛，一声不响。这时候方才从容开口道：“唉！孩子他娘，少说些没有道理的话吧！这件事连我都觉得像晴天霹雳似的，不知道怎么办才好。照阿关这孩子的性子来看，不会轻易向父母诉苦，她是忍了又忍，实在不能再忍才走出来的。那么，今天晚上女婿不在家吗？有了什么特别的事他才开口休你的吗？”

“他已经有两天没回家了。他经常五六天不在家，这已经不稀奇了。前天在他出门的当儿，骂我衣裳准备得不够周到，我虽然一再向他赔罪，他却压根儿不听，脱下衣裳来冲我一扔，自己换上了洋服，自言自语地说：‘再没有比我不幸的人啦，讨了你这么个妻子！’说完就气冲冲地走了。这是什么话？一年三百六十五天，他压根儿不理我，偶然开口就说出这样无情的话来。他对我这么刻薄，难道我还留恋原田夫人这个身份吗？厚着脸皮，靠着‘太郎的亲娘’这个名义死赖在那儿吗？连自己也不知道为什么还忍受着。算了，算了，算我没有丈夫，没有孩子，回到没有出嫁以前的阿关吧！我这么一想，心就定了，虽然眼瞧着太郎天真的睡脸，却把他丢在家里走出来了。我是已经下了决心，无论如何不肯留在那个人的身边了。俗语说‘孤儿也会成人’，哪怕后娘也罢，姨太太也罢，与其被这个倒霉的亲娘抚养，还不如被他爹喜欢的女子抚养好。这么一来，他爹也会宠爱他，将来对他也有好处。所以从今天晚上起我不再回原田家去了。”

虽然嘴上说得很坚决，却掩盖不了她的念子之情，阿关的嘴唇不禁微微地颤抖着。爹仰天长叹一声道：“唉！真够苦的了，这叫人多为难呀！”这时他默默地凝视着闺女的脸。乍一看，她那头上梳个大圆髻、用金纸头绳结着髻根、随随便便地披上黑绉绸外褂的风姿，虽然是自己的闺女，却不知什么时候具备了大家夫人的风度：当父亲的怎能舍得叫她改梳结发，用揽袖带把棉铭仙[1]短套褂的袖子束起来，整天围着锅台转呢？而且她已经有了叫作太郎的孩子，如

1　一种机械纺织的真丝织物，价格公道，结实耐穿。

果由于一时的激愤而失去百年的幸福，将会成为人家的话柄；要是一旦恢复了斋藤主计女儿的身份回到家里，那么哭也罢，笑也罢，但她哪能轻易割断跟太郎的母子之情呢？别离以后她一定加倍思念孩子，日子会过得更痛苦。生得标致是她的不幸，老爹虽然不忍心让闺女为了不相称的婚姻增加痛苦，但下了决心开口道：

“喂，阿关！要是我这样说，你一定以为我这个做父亲的不知道疼女儿，不肯答应你的要求，但爹不是骂你。因为你和他的出身不同，心里想的也自然不同，虽然你是诚心诚意服侍他，但说不定你这种作风不合他的意。他并不是不懂道理的人，他聪明，能干，很有学问，不会无法无天地折磨你。说起来，在外面崭露头角的能干的人在家都是脾气挺暴的。在外面装得豪放豁达，回家来却对妻子发泄在外边所遇到的不快，当了他出气对象的妻子当然是很痛苦的。不过，有那么个有出息的男子做丈夫，和那些腰上系着饭盒的区公所的下级官吏回家帮老婆生炉子的情形不同，受些委屈是理所当然的。所以呀，可能女婿脾气乖张一些，不好伺候，不过设法讨他喜欢，保持家庭和睦才是妻子的本分。虽然从表面上看不出来，但世间那些太太，不见得个个都无忧无虑的吧。以为世上不幸的妻子只有你一人，就自然会增加埋怨的心情。但这是做妻子的人应尽的本分，尤其是你跟他的身份相差太远，比别人痛苦多一点是免不了的。虽然你娘随便说大话，亥之助能够挣现在这么多薪水，还不是靠原田先生帮忙嘛。全家老小无形中受到他的恩惠，谁也不能说没有。所以即使难过一些也罢，一来为父母，二来为兄弟，更为了儿子太郎，既然你能忍到今天，难道今后的日子就不能忍耐了吗？讨来休书是可以，但从今以后太郎是原田家的孩子，你是斋藤家的女儿，一旦断了母子关系就不能再去瞧他了。要是同样过不幸的生活，那么你就忍受做原田妻子的不幸吧！啊，阿关，我说得对不对？如果你想通了，就把一切都放在心里装作没事，今天晚上照样回去，跟过去一样谨慎地过日子吧！虽然你不说，但你的父母、你的兄弟都体谅你的苦衷，大家为你分忧，要哭大家一齐哭吧！”

爹谆谆地开导女儿说，悄悄地擦了老泪。阿关“哇”的一声哭着说：“听了您的教训我方才明白要求离婚是我太任性。您说得很对，要是离婚了，连见太郎的面都不能的话，活着还有什么意思？即使逃避了眼前的苦，这又有什么用呢？就当自己是死了，才不至于惹起风波，孩子也好歹不必离开父母跟前。我竟想起方才那样无聊的事，连累您老人家听见不愉快的话。那么，就算是从今天晚上起阿关已经不在人世，那么她的灵魂也会守着孩子。这么一想，像受丈夫的折磨这么点小事，哪怕一百年也能忍受。您的教训我完全明白了。今后再不让爹娘听见这样的事了，请放心吧！”

阿关擦了擦眼睛说，眼泪却马上一滴接一滴落下来。娘喊了一声：“苦命的孩子！”抱着闺女两人痛哭一场。明净的月亮孤寂地挂在天空上，在屋里，只有兄弟亥之助从后边堤坝上掐来插在瓶里的野生茅草，像招手似的摇晃着穗子。

阿关的娘家位在上野新城下，要回骏河台得从一片茂密的、黑压压的森林旁边经过，但是今天晚上月光皎洁，到了广小路就和白天一样。因为没有常叫车的熟识的车行，爹就从窗口叫住一辆过路的洋车，重新对闺女说：“要是明白了道理，你还是先回去吧！丈夫不在的时候私自出门，他抓住这个来责备你，你就没有话说了。虽然时间晚了一些，坐上车转眼就到。你的话爹改天再去听。今天晚上还是先回去吧！”爹一再催促闺女走，好像恨不得亲手拉着闺女的手送她出门似的。这都是期望着平安无事的老爹的一番苦心。

阿关下了决心说：“爹，娘，请忘掉今天晚上女儿说过的话吧。我现在决心回去，我仍旧是原田的妻子，做妻子的不该诽谤丈夫，女儿再不说他的坏话了。如果能让两位老人家高兴地想：‘阿关有了那么好的女婿，她兄弟也有了奔头，哎，咱们的心也踏实了。’那么我再没什么奢望了。我绝不会干出无聊的事，请爹娘放心吧！我认为这个身子从今天晚上起就完全是属于丈夫的，任凭他爱怎么就怎么吧。那么我回去了。等亥之助回来了，请转达我的问候。爹，娘，请保重身体！女儿下次回家来，一定带着笑脸哩！”

阿关无可奈何地站了起来。娘拿着轻轻的钱包，对门口的车夫问了一声：

“喂，去骏河台多少钱？”

“啊，娘，我这儿有钱，您别管了。打扰您了！”

阿关温顺地打了招呼，迈出格子门，用袖子掩着脸，遮着眼泪，坐上车子。在家里，老爹“吭吭”地咳个不住，就好像被什么东西呛了嗓子。

下

月光皎洁，风声飕飕，当中还间间断断地传来悲哀的虫声。离开上野还没有几十步远，车夫不知为什么突然把车停道：“虽然很对不起你，但我不能再拉你啦，我不要车钱，请你下车吧！”

阿关对车夫这个意外的态度感到大吃一惊，回答说：“你怎么说出这样不讲理的话？这可叫我怎么办哪！我有急事，劳驾你帮帮我的忙，回头多给点儿车钱就是了。这么僻静的地方，哪有别的洋车呀？你是故意刁难人，别不讲理，快拉着走吧！”阿关声音微微发颤，像恳求似的说。

“我不是想多讨几个车钱，我是请求你下车，因为我不愿意再拉车了。”

“这么说，你不舒服了吗，还是有什么别的原因？

拉到这里突然无缘无故地叫人下车，这怎么说得过去呢？”阿关厉声斥责车夫。

“请原谅！随你怎么说，我确实不愿意再拉了。”车夫说着，突然提起车灯，闪在一旁。

“你这拉车的多任性啊！那么我也不勉强你拉到原定的地方，不过得把我拉到有车的地方。我给你钱，你再拉一段路，至少拉到广小路去吧。”阿关用温和的口吻像哄他似的说。

“说得不错，你是个年轻妇女，叫你在这么偏僻的地方下车，你一定很为难。这是我的不对了，那么再送你一段路吧，你吓坏了吧？”

看来车夫并不像是坏人，他驯顺地把车灯握在另一只手里。阿关方才放下心，信任地望着车夫的脸。一看，这人年纪有二十五六岁，是个皮肤黑黑的、个儿不高、身材很瘦的男子。

“呀！那背着月光的脸好像是那个人，像那个人！”阿关几乎喊着那人的名字，不禁失声问道，“你不是那个……”

“什么？”男子一惊，抬了头。

“啊，原来是你！你不会忘记我吧？”阿关像滑下来似的下了车，目不转睛地打量着对方。

“原来你是斋藤家的阿关姑娘。我竟落魄到这个样子，实在没有脸见你了。因为背上没长眼睛，压根儿不知道是你。本来一听到你的声音就应该马上注意到的，我这人想不到如今变得这么迟钝。”男子难为情地低着头。

阿关从头到脚打量着他说：“不，不，就拿我来说，我要是只在路上遇见你，也绝不能认出你来的。就是现在吧，我不是一直把你当作陌生的车夫了嘛。你认不出我是应当的。让你拉着真过意不去，不过我实在不知道，请原谅我。你是多久开始做这一行的呢？你一向身体不好呀，不会影响健康吗？我听说伯母已经到乡下靠人养活去了，小川街的铺子也关了；可是，我现在的环境却和过去不同，有种种不便的地方，别说去瞧你，连信都不能捎给你。现在你住在哪儿？嫂子身体好吗？有了小宝宝吗？直到现在，我每次到小川街劝业场去买东西，路过你从前的铺子的时候，就伸头探望，现在还是卖纸烟，只是换上了‘能登屋’的字号，心想：‘哎，在高坂家的录哥小的时候，我常常在上下学的路上到他的铺子去玩，讨一些纸烟末子，学大人吸烟的样子吸着玩。如今他在什么地方，做什么事？他是个性情温顺的人，在这多苦多难的尘世里，他怎样生活着呢？’我挂念你的下落，每次回娘家的时候就打听你的消息，但离开小川街已经五年了，我压根儿没遇到过知道你的消息的人。没想到现在竟突然遇见你，实在太高兴了。”她高兴得不顾前后，急切地问他的近况。

男的用手巾擦擦脸上的汗，道：“落魄到这个样儿，现在连自己的家都没有了。晚上睡在浅草街一家叫作村田的小店的二楼上，要是高兴就像今天晚上这样在外面拉车，拉到很晚，要是不高兴就整天躺在小店的楼上，糊里糊涂地过一天。你可完全没有变，跟过去一样标致。自从听说你当了夫人以来，我老是梦想着再见你一次面或者在这一生中再和你谈一次话。在这以前一直把自己的生命看作多余的累赘，压根儿不注意身体，没想到因为活到今天，才有机会遇见了你。唉，多亏你还记得我是高坂录之助，我打心里感谢你！”录之助悄然垂下了头。

阿关一阵难过，回答说：“在这尘世里，不如意的不是你一人呀！”她接着又问，“那么，大嫂呢？”

“你也认识吧，就是那个对过的杉田商店的闺女，什么皮肤白净啦，身材好看啦，在那一带还是个出名的美人。那些老顽固亲戚以为我成了荡子，在外胡闹，压根儿不回家，是因为到了岁数没给娶老婆的缘故，娘就看中了那个闺女，拼命催我把她娶来。我实在拗不过她，自暴自弃地答应说：‘你爱怎么办就怎么办好了。’她过门的时候恰巧是听说你怀了孕的时候。又过了一年，也有人给我道喜了，家里摆着纸糊的狗啦，风车什么的。可是，这些事却压根儿不能使我回头走正路。人家以为有了漂亮老婆就不会再逛窑子，有了孩子就能改邪归正；可是我早就下了决心，哪怕小町[1]和西施牵着手来，衣通姬[2]跳个舞让我瞧，我也是照样在外游荡。所以尽管瞧见带奶臭的孩子的小脸，怎能回心转意呢？我是玩了又玩，玩个痛快，喝了又喝，喝个干净，因此，倾家荡产，关了店铺，家里连一双筷子都没有剩，这是大前年的事。把老娘托给嫁到乡下去的姐姐养活着，老婆是叫她带孩子回

1　即小野小町，日本古时的美人。

2　日本古代的皇妃，以美貌出名。

娘家以后就断了音信。孩子是女儿，我根本不想她，听说她在去年年底得伤寒病死了。女孩子本来懂事就早，她临死的时候，一定还喊着爹什么的吧？要是活着，今年也五岁了。这么无聊的身世，不值一提了。”

男子露出了惨笑，接着说：“不知道是你，说了那么任性的话，太不该了。请上车吧！我送你去。我方才突然说出那样的话，一定把你吓着了吧。拉车不过是挂名罢了，有什么乐趣握车把，为了什么去当牛马？挣了钱就高兴，喝了酒就痛快，一想起来就觉得一切都讨厌，无聊极了。不管是拉着客人，还是拉着空车，要是心里烦起来，就什么都不想干了。真是太任性了，多讨厌！来吧，上车吧！我送你去。”

阿关被他劝着，回答说：“唉，不知道的时候是没有法子，可是现在已经知道了是你，怎么还敢叫你拉着我？不过，这么偏僻的地方，我可不敢一个人走，请你陪着我走，一块儿走到广小路。咱们边走边谈好吗？”阿关微微提起衣襟，拖着一双上了漆的木屐，凄然地走在前头。

说起来，这个男子是阿关以往的小伙伴里特别难忘的契友，是小川街高坂的一家雅致的烟草店主的独生子。虽然现在他的皮肤黑了，外表不扬，但昔日却身穿一套唐栈[1]的长袍和短套褂，扎着一条潇洒的围裙；他善于应酬，能讨人喜欢，人人都夸奖他说，虽然年轻，但生意比他父亲操持的时候还兴隆。

阿关边走边想：“那么个聪明能干的人，如今完全变了样子。听说他得到我出嫁的消息后，就突然变得自暴自弃起来，整天在外游荡，街坊们议论着说：‘高坂家的儿子好像完全换了一个人似的，是中了魔呢，还是什么冤魂在作祟，不会没有原因吧？’今天晚上我亲眼瞧见原来他落魄到这个地步，竟住在小店里。我曾经被他爱上，在从十二岁到十七岁的时光里，每当两人见面时我都私下忖量着：将来我要坐在他的铺子的哪个地方，一面读报，一面招待顾客。哪里想到，跟一个素不相识的人定了亲，当女儿的怎敢违背父母做主的婚姻呢？虽然心里巴望着嫁给纸烟店的录哥，但那是童年的痴念，对方也并没有正式开过口。我自己就更不用说了。暗想我那种相思就好像一场不可捉摸的梦似的，还是死了这条心吧，断了这个

1　从荷兰传来的棉织物之一种，有细条纹。

念头吧，想开吧，才下了决心嫁到现在这个原田家来。可是直到成亲那一天，我还是念念不忘意中人，背着人擦相思泪。看来他的心也跟我一样，他好像是为了我的缘故才败了家，在外流浪着。他瞧见我梳着圆髻，打扮成一个夫人的样子，一定会对我恨入骨髓吧？他哪里知道其实我也是一样苦命呀！”阿关这么想着，回头瞧了瞧录之助。一看他不知道在想着什么，神色茫然，虽然和久别多年的阿关又相逢了，却像不怎么高兴似的。

一到广小路就有洋车了。阿关从钱包里掏出几张钞票，包在柔软的小菊手纸[1]里说：

“录哥，虽然失礼，请拿这个买些手纸什么的。离别了这么多日子，突然见了你的面，我有许多想说的话，但是现在不能说，请原谅我的苦衷。那么我要告别了，请你千万保重，别糟蹋身子，让伯母早日放心。我也打心里为你祝福。请你回到从前的录哥，再好好地干一番，重新开起铺子来让我瞧瞧。那么咱们再见吧！”阿关打个招呼说。

1　日本妇女用的一种信纸。

录之助拜了拜纸包道："本来应该辞谢的，因为是你亲手送给我的，我就高高兴兴收下了，当作纪念吧！虽然舍不得跟你分手，但这是一场梦，又有什么办法！请吧，请回去吧。我也要回去了。太晚了，路上就更冷清了。"

录之助说罢，就拉着空车转过身去。一个是向东，一个是向南，路旁的杨柳在月影下无力地摇曳着，上了漆的木屐的声音显得特别凄凉。从此，一个在村田家开的小店的二楼上，一个在原田公馆的深院里，他们只有在悲哀中追忆往事。

岔路

わかれ道

上

“京姐在家吗？”有人来到窗下，“咚咚”地敲着板墙说。

“谁呀？我睡啦，明天再来吧！”屋里的人撒谎说。

“睡了有什么关系，你起来给我开门呀！我是伞店的吉三，是我呀！”门外的人稍微提高了嗓门说。

“这孩子真讨厌！这么晚来干吗，又来讨年糕吗？”屋里的人笑着说，“就给你开门，等一会儿吧！”

屋里的人说罢，停了缝纫的手，把针插在缝了一半的衣料上，站了起来。这人年纪有二十来岁，长得挺俊俏的，因为忙碌，把浓密的黑发潦潦草草绾成髻，腰上系了一块较长的八丈绸围裙，披着旧绉绸短外褂。她匆匆地下到脱鞋石上，拉开格子门外的挡雨板。

“劳驾了！”边嚷边一脚走进里面来的是伞店的吉三，他外号叫“矮子”，是个人人讨厌的好打架的小伙子。他今年十六岁，乍一看却好像只有十一二岁，肩膀狭窄，面孔小，虽然五官端正而伶俐，因为个子特别矮小，所以人们讥讽他，给他起了个外号叫“矮子”。

“麻烦你。”吉三毫不客气地来到火盆旁边。

“你要烤年糕，这个火不行了，到厨房去从闷火罐里取点炭火来，随你自个儿烤吧！今天晚上我得把这衣服缝完，这是胡同拐角儿那家当铺掌柜的过年穿的新衣裳哩。”女的说，又拿起了针。

吉三“哼”地冷笑一声道：“给那个秃子穿太可惜啦！等缝完了，我替他试试新衣裳吧。”

“别说傻话。难道你不知道试穿人家新衣裳的人将来不能出息吗？从这时候起就断送了前途还了得！你在别人家里也不要做这种傻事儿呀！”女的教训着吉三说。

“我可不期望出息，所以人家的新衣裳也罢，啥也罢，穿上开心开心得了！你从前不是说过，要是你走了运，就缝件绸料衣裳送给我穿，那是真话吗？”吉三认真地问道。

“要是我能送你绸料衣裳穿，那就说明我走了运，我当然高兴送你呀。可是，瞧瞧我这一身吧，自己还披着破衣裳替人家缝衣裳呢。所以那回的约定也像梦话一样，恐怕不能兑现哩。”女的笑着说。

“不，不，我不是说你不能做的时候一定要你做。我说的是等你走了运的时候呀。好吧，你就跟我约定这件事，让我开开心吧！不过像我这么个小丑儿，穿上绸料衣裳心里也不怎么开心。”吉三说着，脸上露出寂寞的微笑。

“那么吉三，要是你出息了，你也送给我绸料衣裳吗？你也应当跟我约定这件事呀！”女的微笑着说。

“不，那不行。我是不会出息的。”

“为什么，为什么？”

“什么也不为。哪怕有人来找我，拉住我的手死活把我往上提，我也愿意过现在这样的日子，干伞店的油匠这一行对我最合适。反正我是命里注定要穿蓝棉布的窄袖衣裳、系三尺腰带[1]的，所以去买柿油的时候揩一点油，或是玩吹筒箭中了奖，这就是我的好运气。你可不同，听说你是个名门出身的人，总有一天好运气会坐马车来迎接你。不过，我说这话并不是讽刺你将来当姨太太呀，你可别多心，生我的气呀！”吉三一面拨弄火，一面慨叹自己的身世。

“对呀，来迎接我的不是马车，也许是火焰车[2]，烧得可难受呢。”阿京说。她挂着尺子，回头凝视着吉三的脸。

吉三和平常一样从厨房端出木炭来，对阿京说：“你不吃吗？”

“不了。”阿京摇了摇头。

“那么让我自个儿吃吧。真的，咱家那个财迷整天嘟嘟囔囔骂这骂那的，压根儿不懂得使用人。死去的老太太可不像他那么小气，现在当家的没有一个懂道理的。京姐，你喜欢咱家那个半次吗？那家伙长得多叫人讨厌，多自高自大呀。他是老板的儿子，我可

1　手艺人系的一种只有三尺长的布腰带。

2　据佛家的说法，在地狱里有火焰车。

不能把他当主人看待。有机会我就跟他吵架，收拾他，那才有意思哩。”吉三边说边把年糕放在铁丝网上烤着，吹了吹指头，嚷着：“啊，啊，烫死啦！”

“我总觉得你不像外人似的，你说多怪呀。京姐，你没有弟弟吧？”吉三问道。

“我是个独生女，没有兄弟姐妹，所以弟弟也罢，妹妹也罢，从来没有过哩。”

“是吗？这么说，我并不是你的什么人啊！要是从什么地方突然出现像你这样的人对我说：‘我是你的亲姐姐。’那该有多好啊！我就搂住她的脖子，哪怕死在她的面前，也情愿哩。可是，我好像真是从树杈子里养出来的，从来没有遇见过像个亲戚的人。所以我经常这样想：如果这一辈子不能遇见什么亲人，趁现在这时候死了更好些。不过，真可笑，我还死不了心，有时候突然做个奇怪的梦，觉得那些平常对我说话和气的人就是我的爹、娘、姐姐、哥哥，要是再这么活下去就有人出来认我似的，所以油匠这一行虽然无聊，我还是耐着性子干下去。难道还有像我这么奇怪的人吗？京姐，我始终没有找到爹娘的下落。谁都不能没有爹娘就生出来吧。我的身世实在太奇怪了。”吉三把烤好了的年糕放在手掌上拍着，又提起曾经一再向阿京述说过的自己不幸的身世来。

“可是，难道你身上没有留下一个绣着‘竹叶白鹤’象征的锦缎荷包啦，或是别的什么东西吗？应该有个能作为线索的东西呀！”

吉三制止阿京的话道：“不会的，一定没留下这么中用的东西。伙伴们骂我一生下来就被要饭的租了去，冒充他的孩子，说不定这话倒是真的。那么，我是要饭人的儿子，可能爹娘都是要饭的哩。也许那个串胡同的衣衫褴褛的家伙就是我的亲戚，那个每天早晨来要饭的独眼瘸腿的老婆婆就是我的什么人吧。虽然我自己从来没提过，但你大概知道我的来历吧。我到现在这个伞店来当徒弟以前，是戴着狮子头挨门讨钱的耍把戏的孩子呀。”吉三垂头丧气地说：“京姐，如果我真是讨饭人的儿子，你不会再像从前那样喜欢我了吧？不再理我了吧？”

“别说傻话。虽然我不知道你是什么人的儿子，也不知道你的来历，可是，我干吗要在乎这些事呀。你今天和平日不同，干吗说出这么无聊的话来？如果我是你，我可压根儿不在乎自己的出身，哪怕囚犯也罢，乞丐也罢，没有兄弟父母也罢，这又有什么关系，你自个儿要强就成了，干什么要说这么泄气的话！”阿京鼓励地说。

“我不行，我不想要强。”吉三说着，低下了头，不让阿京瞧见自己的脸。

中

伞店已故的前代老板娘名叫阿松，是个性情豪放、像大力士一样魁梧的老太太，这个家是靠她一手兴起来的，六年前的冬天，这位老太太有一次到寺院去参拜，在回来的路上拾来一个耍狮子的孩子。当时她对那孩子和店里的伙计们说：

“要是孩子的师傅不答应，来要人的话，到那时候咱们再说。瞧，多可怜呀，这孩子脚痛不能走路，坏心眼的伙伴就把他丢在路旁，自个儿走了。孩子，你不必再回到那样缺德的家伙那里去了，不要害怕，就留在这里好了！大家也不要担心这孩子。像这么个毛孩子，哪怕来两个三个一齐坐在厨房里吃我的饭，你们也不会有意见吧？那些打了铺保正式雇用的伙计当中，也有跟女用人双双逃走的，或是偷东家的东西逃跑的缺德家伙。人嘛，得要看他的心眼怎样。不是俗语也说过‘试马得骑马’吗？看一个人中不中用，先得试用一些日子才能知道的呀。孩子，要是你不愿意回新网去，就把这儿当作永远的家，好好干活儿吧！”

从此以后，这位老板娘就喊着“吉三、吉三”地亲自教给他手艺；如今，吉三已经成了出色的油匠，鼻子里哼着小调，能一口气干完三个大人的活儿。那些知道他底细的人个个都佩服已故的老板娘有远见。

恩人在两年前去世了。现在当家的老板、老板娘和小老板半次，吉三都不喜欢，但自己已经把这个老板家当作住一辈子的地方，如今怎么好跑到别处去呢。也许因为有一肚子怨气，才害得他不能长个子。人家往往讥讽他说：“小矮子，小矮子！”更叫人生气的是那些流鼻涕的小伙伴平常忌妒他的手艺高，为了报复，就骂着说：“吉三，你一定在父母的忌日吃了荤。不信，瞧你自己的怪样儿吧。转吧！转吧！小矮菩萨！”吉三虽有抡起拳头来打这些伙伴的勇气，但一想到自己连爹娘是什么时候死的，哪月哪日是他们的忌日都不知道，就不免感到凄凉。因此他逃到晒在地上的伞下面，躺了下来，咽下流进嘴里来的眼泪。那时候的心情真是悲愤交加，一肚子委屈。吉三一年到头抡着从那沾满油渍的蓝布窄袖里伸出来的胳膊，街坊们都说他像个疯子，不敢接近他。其实他撒野就是借故发泄得不到什么人安慰的胸中苦闷，要是有人对他说些仁慈的话，他就恨不得紧紧搂住那个人，永不放手。女裁缝阿京是今年春天搬到这背巷里来的。她为人伶俐，那些住在连檐房里的街坊都乐意跟她来往，因为伞店是她的房东，所以连店里的伙计她都另眼看待。有一回她对吉三说：

"假使小伙计们的衣裳绽了线什么的，都拿到我这里来吧！你们店里人多，老板娘哪有工夫拿针线呢。我每天都给人家做衣裳，顺便替你们缝几针也算不了什么。你单身住在这里没有一个伴儿，每天冷冷清清的，以后有空常来串门儿吧！我是个很随便的人，最喜欢像你这样的直爽人。如果你发了脾气，就只当是揍那个马路边儿米铺的白狗，替我用棒子捶打那些拆洗的衣裳，好捶出亮光来。这么一来，你也不必得罪人，我也能得到有力的帮手，不是一举两得吗？”

阿京用诙谐的口吻这样说。从此吉三就不知不觉地逐渐跟她亲近了，“京姐、京姐”地喊着，经常到她家串门。店里的伙计们开他的玩笑说：“腰带铺的老板倒是到处都有哩。演出《桂川》这一幕的时候，你就唱着‘阿半背了长右卫门’，乖乖地趴在女的背上出场吧[1]。这才是有趣的滑稽戏呢。”

吉三还嘴说：“如果你们也是男子汉，就把我当作榜样学习吧。到那女裁缝家去串门，知道今天她家橱中的盆子里有几块什么样点心的，除了我再没有第二个人了。那个当铺的秃头为京姐神魂颠倒，说什么请她缝衣裳啦，办什么事啦，借故经常到她家去，一再送给她围裙、衣领、腰带什么的，一个劲儿地奉承她，她却从来没有和颜悦色地跟他打过招呼哩。这还不稀奇，哪怕三更半夜也罢，她一听说伞店的吉三来了，已经穿上了睡衣都不在乎，马上打开格子门说：‘今天整天没有串门儿来呀，你怎么啦？简直把我急

1 指日本歌舞伎剧目《桂川连理栅》，是阿半与长右卫门在桂川河边殉情而死的故事。

坏啦！’她边说边拉着我的手，把我带进屋里去。除了我以外还有谁能受她这样的招待呀？说起来真有点过意不去。不过你们都是没有用的废物，俗语说：‘花椒虽小，但是很辣。’你们不知道人家就是看中了我吗？”

吉三在伙伴面前这样吹着牛，有人从背后打了他一拳，并且骂他说：“他妈的！”他却满不在乎地说声：“谢谢你！”就做出一副鬼脸，扬长而去。要是他个子长得有一般人那么高，人家也不会把这些话当作笑话原谅他，但伙伴们只骂他“爱出风头的小矮子”，每当歇活吸烟时，就把这件事摆出来当作笑料散散心。

下

在除夕的前一天晚上，因为到日子交不上货，吉三到坂上的一家主顾那边去替东家道歉，回来时两手插进怀里匆匆地走着，脚上穿的竹面木屐碰上了一块石头，他就淘气地一脚把石头踢出好远，然后又把滚转着的石头忽右忽左地追着踢，踢进水沟后独自哈哈大笑一阵。周遭没有一个人影，只有高空上的月亮明亮地照在地上。不知道什么叫冷的吉三只觉得心里爽快，一面暗自想："回头还和平常一样敲敲那个窗户。"一面拐进胡同里去。这时候突然有人从背后追上来，伸手蒙住了他的眼睛，悄悄地笑着。

"谁呀，谁呀？"吉三边喊边摸那人的手指说，"啊呀，原来是京姐！一摸小指上的茧就知道是你，想吓我也没用哩。"吉三推开脸上的手，回了头。

"真讨厌！马上让你猜着了。"阿京说，娇声笑着。

一看，阿京今天晚上和平日不同，用头巾深深包住脸，穿着缎子外褂，打扮得漂漂亮亮的。吉三把她从头到脚打量了一番，露出诧异的神情问道：

"你上哪儿去了？不是说这两天忙得连吃饭的工夫都没有吗？到哪儿做客去了？"

"我是提早去拜年的呀。"阿京装作没事儿似的回答说。

"别骗人！哪有三十这天让人拜年的人家呢。是串亲戚去了吗？"

"倒是不得不到意外的亲戚家去串门了。明天我要从那背巷搬出去呢。这回决定得太突然，你准保吃惊吧？连我自己也有点不敢相信哩。总之，你替我高兴吧，这并不是坏事儿呀！”

“真的吗，真的吗？”吉三大吃一惊道，“你不是骗我吗？不是开玩笑吗？别说出这样的话来吓唬我呀。要是你走了我再没有什么开心的事了，所以你也别对我开这么讨厌的玩笑吧。哎，你真是，说这么无聊的话干吗？”吉三说罢，摇了摇头。

“不是骗你，你不是说过嘛：‘总有一天好运会坐马车来迎接你’，这话到底应验啦，所以我不能再住在背巷里了。吉三，不久我就能送你绸料衣裳穿啦。”阿京说。

“不，我才不要那种衣裳呢！你说的好运气，是要到那种无聊的地方去吗？前天我们店里的半次还提到你，说是：‘听说那个女裁缝阿京经她在菜铺胡同里当按摩师的伯父介绍，要到什么公馆去干活儿了。不过，她那年纪不适合当上房丫头，也不至于伺候太太或者当缝纫老妈，准保是当梳着三环髻[1]、穿着胸上垂穗的外褂子的姨太太哩。’我却一口咬定说绝不会

1　古代妇女的一种发髻。

有这样的事，还跟他打了一架。你不会到那儿去吧，不会上那个公馆去吧？”吉三问道。

“并不是我自己愿意去，是因为有非去不可的原因哩。吉三，咱们再不能见面啦！”阿京的口吻好像也带几分悲哀似的。

“不管你能出息到什么地步，还是别到那种地方去吧！只养活你自个儿嘛，你可以拿缝纫来维持生活呀。你的针线活做得那么好，干吗想起搞那么无聊的事来了？这太不像话啦！”心地纯洁的吉三拼命劝说阿京，“啊，别去啦，你去回绝他们吧！”

“这可怎么办呢？”阿京停住了脚步，“可是吉三，我呀，我可不愿意再给人拆洗衣裳了，当姨太太也罢，啥也罢，反正活着同样是无聊，所以哪怕带着铜臭也好，我想今后要穿绉绸衣裳过日子哩。”阿京不觉吐出自暴自弃的话来，寂寞地一笑道，“总之，先回家去吧！吉三，快点走！”

“你那么做，我压根儿觉得没什么好处。你先走几步吧。”

吉三跟在阿京身后悄然踏着她那映在地上的影子走着，不知什么时候拐进了有伞店的胡同里，来到阿京家的那个窗口跟前。

“你每天晚上敲这窗户，可是明天晚上想听你的声音都办不到啦，这世道多叫人不如意呀！”阿京叹息了一声。

“还不是你情愿嘛！”吉三不满意地说。

阿京一进屋，马上点了洋灯，拨弄火盆里的炭火，对吉三说：“吉三，过来暖和暖和吧！”

“我不乐意！”吉三坐在柱子旁边说。

“可是，你不冷吗？着凉不是好玩的呀！”阿京关心地说。

“着凉就着凉好了，你别管我！”吉三低着头说。

“你怎么啦？多怪呀，我说话得罪了你吗？那么，你直截了当说出来吧。你一句话不说，把脸绷得那样儿，叫人多着急呀！”

“你何必着急呢！我就是伞店的吉三哩，不需要娘儿们来关心！”吉三倚着柱子，把背在柱子上蹭来蹭去地说，“哎，真无聊，真没意思！我这个人是怎么回事呢，过去有各种各样的人喜欢我，可是每次都好景不长，回头又叫我碰一鼻子灰。伞店的前代老板娘是个大好人，洗染房的那个叫作阿绢的郑毛姑娘也喜欢过我，可是，老板娘却得了卒中死了，阿绢姑娘不愿意嫁人，投井自杀了。如今你又这么无情，要把我丢开。唉，一切都没有意思了，干伞店的油匠有什么好处！哪怕干活顶一百个人，也没有一个人奖励我，从早到晚听人家骂我'矮子、矮子'的，不管自个儿生多大的气，个子却一辈子也长不高。俗语说'有福不忙'，但是我可不成，每天听到的和看到的，都是叫人厌烦的事，前天跟半次吵了一架，当时我拍着胸脯对他说：'人家京姐才不是那种当姨太太的坏心眼儿的女人哩！'真没想到还没过五天就不得不认输。我一直把你这个爱撒谎的、骗人的、财迷的女人当作亲生姐姐看待来着。哎，多气人哪！京姐，我从此再不跟你见面啦，无论如何不再见你啦！蒙你照顾了我好久，我在这里向你道谢啦。去你的吧，从此我谁都不相信啦，再见！"

吉三说罢，突然站起来，穿上摆在脱鞋石上的竹面木屐。

"呀，吉三，你误会我的意思了。我虽然从这里搬走，却绝不会把你丢下不管。我是把你当作亲兄弟的呀，对我说这么刻薄的话，你的心也太狠了！"阿京从他身后伸出两手紧紧把他抱住，劝他道，“你这孩子，性子太急啦！”

“那么，你不去当姨太太了吗？”吉三回过头来说。

“我也不是愿意到那种地方去的呀。可是，已经这么决定了，现在怎么好改变呢？”

吉三一听，眼泪汪汪地凝视着阿京的脸道：“京姐，求求您，松开您的贵手吧！”

比肩

たけくらべ

一

这条胡同名叫大音寺前巷。这个名称虽然带点佛教意味，但居民都说这儿真是个红尘闹市。要绕过这儿，才能走到吉原大门[1]，门前的回顾柳[2]，枝条如线丝，长长地下垂着。三层妓楼的灯影映射在黑浆沟[3]里，楼上一片喧哗的声音一直传到这胡同来。路上车水马龙，从早到晚络绎不绝。在这儿，灯红酒绿的盛况是数也数不清的。

---

1 曾设于东京的公娼街吉原花街进口处的一座大门，妓院多集于门内。

2 吉原大门旁的一棵柳树，因嫖客于翌晨回家时，至此回顾妓楼，不胜留恋，故有此名。

3 系设在吉原花街三周的大明沟名，当时有十二尺宽，传说原为将花街与外街隔离，以防妓女逃跑而设。因妓女将没用完的铁浆倾倒到此沟中而得黑浆沟之名。

从三岛神社拐过弯后，并没有像样的房屋，尽是些屋檐倾斜了的十所一栋、二十所一栋的连檐房，因为生意萧条，家家都关着一半儿门；有的人家外面晒着用纸剪成稀奇样儿的古怪玩意儿，这东西上面涂了一层胡粉[1]，背面糊着竹签，样子活像涂了彩色的串香干[2]。晒这玩意儿的不止一家两家，太阳刚露头就搬出来，太阳倾斜时就收进去，全家老小一起动手，花费的工夫倒也不少。这究竟是什么玩意儿呢？一打听原来是为了制造福神竹耙[3]用的。每逢冬月酉日，神社[4]举行庙会时，贪心的善男信女们都要买这种竹耙。这些人家从正月里取掉门松的那天开始，一年到头辛辛苦苦地做这种东西，说来这不过是一种副业，可是却和真正的生意人没有两样。他们入夏以后格外忙碌，

---

1 烧贝壳磨成粉的白色颜料。

2 原文作“田楽豆腐”，把香干切成长方块，用竹签串穿成串，加味后蘸甜酱烤，用作下酒的菜。

3 每年冬月酉日，东京市内各大鸟神社均举行庙会。那天在神社内外贩卖大小竹耙，上面系有福神面具和模型的币帛、斛斗等。据说买这福神竹耙的人能终年获福，因此参拜神社的人都要买它，以取吉利。

4 即指吉原附近的大鸟神社。

浑身都染得五颜六色，看样子预备过年穿的新衣裳也是指望这项收入的。

“南无大鸟大明神，如果保佑买福神竹耙的发了财，那咱们这些造竹耙的也就能得到万倍的利益了。”人们虽然口口声声这样叨咕着，但是人生万事不如意，从来还没有听说过这些人家里有谁发了大财呢。

这一带的多数居民是靠妓院谋生的。有一家男人是在茶馆做什么的，老是哗啦哗啦地摆弄着鞋牌[1]。一到掌灯时候，就披着外褂出门去，看那股神气倒像是出去游玩似的，可是说不定再也见不着他出门时替他在背后打钻火[2]的老婆了，因为他也许今晚在十人斩[3]的刀下送了命，也许为了制止强迫的情死而遭了殃。听说这家姑娘是头等妓楼的雏妓，又听说是在那七家

1 日本人进屋脱鞋，因此有些茶馆、旅馆、妓院门口有专管各人木屐的，他们有很多有号码的小木牌，供客人出来时凭牌取屐履。管牌的人同时担任保镖、拉客等职务。他们相信拼命弄响鞋牌，生意就会兴隆。

2 在日本那些做有性命危险的工作（消防员，或替人保镖等）的人们出门时，家里人在他背后打钻火，以取吉利。

3 在吉原妓院里历来就有很多受妓女的欺骗失恋或是破产的嫖客，用刀杀死妓女及与妓院有关的男女，然后自杀的事件。十人斩是所杀很多的意思，又称千人斩。

饭馆之中的一家馆子里带引客人[1]的，提着带字号灯笼跑来跑去。可是这姑娘满了师以后做什么呢？要希望将来做一个大红大紫的名妓，那也未免太可笑了。还有个三十出头的俊俏的徐娘，身穿一套干净的唐栈衣，脚上穿深蓝色分趾袜子，雪驮[2]发出嗒嗒的响声，忙忙碌碌地来到饭馆后门，扑通扑通地踏着吊桥[3]的木板，喊着："绕到前面去道儿远，从这儿递给你们吧。"从她怀里的那个小包袱看来，不难猜到这就是附近人家所说的女裁缝。

这儿一般的风俗和别处不同；规规矩矩系好带子的女人没有几个，大家都喜欢系条华丽的宽内带[4]，上了年岁的还说得过去，连那十五六岁、口含酸皮浆的小姑娘竟也是这个打扮，自然有些人见了就要闭上眼

1 日本花街内有很多饭馆，嫖客们先在这里叫条子，饮酒取乐，然后到妓院去。因此饭馆里有专门带引嫖客往妓院去的人。这儿指的是大门旁的七家饭馆。

2 日本花街的人与风流子弟爱穿的一种草履。在竹皮草履的底子上贴着一层牛皮，后跟上钉着金属片，走路时会发出特别的响声。

3 有些吉原花街的馆子后门沿着黑浆沟，故门口搭着小吊桥。

4 内带是日本妇女系在正带里面的带子，良家妇女都要系正带，只有花街的妇女才只系内带。

睛。可是，在这种地方又有什么法子呢？一个人昨天还是沟沿班[1]里的妓女，叫什么“紫”[2]的芳名还留在人们的耳朵里，今天却和光棍儿老吉摆着做不惯的烤鸡的消夜摊子，要是赔光了本，就像烤鸡似的只剩下骨头架子，会重回老巢去。因为她仿效老板娘的模样比一般娘儿们够味，因此，邻近的女孩子没有一个不学她的样儿的。

再看看秋季九月里演仁和贺戏[3]时大街上的情景吧。只不过是七八岁的男孩子，倒把露八的口技和荣喜[4]的做派模仿得惟妙惟肖，而且很快就有进步，要是孟母看见了，说不定会吓得马上搬家哩。这些孩子如果得到称赞，就踌躇满志起来，学习那些艺人在花街里绕着圈表演的惯例，也在附近大街上绕一圈。他

1 黑浆沟一带的下等妓院。

2 “紫”是日本古典文学作品《源氏物语》的主角名，日本妓女爱用此书卷名和女主角名做她们的花名，例如“若紫”“小紫”等。

3 又名“俄”戏，即兴滑稽戏。在此即指“吉原俄戏”，每年九月在吉原花街里分两次演出，演员是当地的艺人和歌伎，届时在花街里每家大饭馆门口演滑稽戏、舞踊等。

4 “露八”“荣喜”都是明治时代吉原的名艺人。

们从小养成了的轻狂习气，年满十五岁就已经早熟得可怕，手巾搭在肩上[1]，满怀情意地哼着风流水调，在花街里荡来荡去。连在课堂上学歌，也“哎咳呀，哎咳呀”地打着花街流行的小调拍子，在运动会上，差点表演了歌伎的《运木小调》[2]。教育这些顽童真不容易，老师的苦心是不难想象的。

在入谷附近，有个育英学校，虽然是私立的，却有近千个学生，狭窄的校舍挤得水泄不通，可见得老师是很有名望的。一提“学堂”，附近的人个个知晓。在这学校读书的孩子里面，有个孩子的爹是消防员，他逢人就说：“咱爹在吊桥的望火楼[3]里哩。”他不要人教就懂得这行，常常学他爹爬梯子，悄悄爬到围墙上去，因此就有一个孩子急忙去告诉老师说：“老师，他把防盗板[4]弄断了。”原来这孩子的爹是包

---

1 日本风流子弟把叠好的手巾放在肩上，在花街里游荡，以表示他们神气。

2 搬木工人在搬运木材时合唱的歌，后来歌伎在演出节目时也唱这首歌。

3 在吉原花街的每个太平门门口都搭着吊桥，桥下即黑浆沟，桥旁都有望火楼，消防员轮流在这里值班。

4 为了防贼设在围墙的木栅。

揽词讼的师爷。还有一个孩子，同学讥笑他说："你爹是马[1]吧？"那颗小小的心也怕听到这名称，听了以后直羞得满脸通红。还有个孩子，平常住在别院里，头戴垂缨帽，身穿上等料子的洋服，打扮得油头粉面。他本来是一家妓楼老板的宝贝儿子，却像个养尊处优的贵族公子，那个被讥笑爹是马的孩子一看见他，就跟在后面，"少爷，少爷！"连声喊着。

在这许多孩子里，有一个龙华寺方丈的儿子，名叫藤本信如，这孩子是注定要换穿黑沙法衣的，他的头发还不知能够留到几时哩。可是，难道这孩子是自愿的吗？因为他生来就喜欢埋头读书，有些同学就看不惯他那种斯文样子，常常恶作剧地逗弄他，用绳子缚住死猫，扔到他面前说："这是你的本行呀，超度超度它吧！"不过这都是过去的事，现在他是全校第一名，再没有谁敢欺侮他了。藤本信如今年十五岁，个儿不高不矮，虽然信如的名字是用训音[2]，但那剃平

1 嫖客钱不够时，跟随他去要账的人的外号叫"马"，也附带做妓院保镖、拉客、打杂等工作。

2 日本人念汉字时有"音读"与"训读"之别，"信如"系僧侣名，但如用"训音"就和俗名一样了。

的头顶总觉不同凡俗，从他的风度上看来，他倒蛮像是佛门弟子了。

二

八月二十日是千束神社的庙会，神社附近的每条大街，都要互相比比高低，各自搭了有趣的山车和屋台车[1]，小伙子们个个兴高采烈，看那神气似乎是要拉车爬堤坝[2]，闯进吉原花街里去似的。这附近的孩子们当然不肯放过这机会，听来大人们商量的一句半句，就模仿大人互相约定，不用说，大家要穿一色的夏衣[3]，还要商量那样玩这样闹，要是有人听见他们的话，准保连魂都要吓掉的。

这些顽童自称“小胡同组”，孩子头是消防员的

---

1 “山车”和“屋台车”都是庙会时拉着游行的车，山车台上扎有人物禽兽的模型，台下张幕，幕内有人奏乐；屋台车是上有屋顶形的篷，车内有歌伎舞蹈。

2 当时，吉原花街东临一条运河，名叫“山谷堀”，堤坝即指运河岸的“日本堤”，上吉原的嫖客一部分乘船顺“山谷堀”而来。

3 日本风习，在神社举行庙会时，附近的居民以每一道街为单位，缝一色的夏衣，准备在举行庙会时穿。

儿子，外号叫“头子长吉”，今年已经十六岁，自从演仁和贺戏时握着铁棒[1]代替爹的职务以来，他就神气起来了，老把带子低低地系在腰下[2]，回答人家的话爱搭不理的，学了一身无赖习气。消防员的媳妇在背后嚣张地说：“那小子要不是咱们头子的儿子……”

这孩子每天任着性子寻惹是非，在这附近成了一霸。不过大街上又有另外一个男孩子，人人管他叫田中屋正太郎[3]，年龄比长吉小三岁，家里有钱长得又惹人爱，大家都喜欢他；这正太郎就是长吉的死对头。长吉上的学校是私立的，正太郎上的却是公立学校，所以连唱个同样的歌，正太郎的脸上也要现出自己是正统的神气。去年和前年，在举行庙会时他都有大人帮忙，花样儿比长吉他们漂亮得多，那时候因为寡不敌众，长吉不敢出手打架，只得干瞪着眼睛。他常常

---

1 日本打更的或保镖的都拿铁棍，形如手杖，头顶不弯曲，尖端有孔，穿了几个小铁环，若往地上一击，铁环即相碰，发出响声。在吉原花街里演出仁和贺戏时，观众非常拥挤，消防员就手握铁棍，维持秩序。

2 这是二流子的打扮。

3 田中屋是字号，因为正太郎的家过去开当铺，大家都这样叫他，正名是田中正太郎。

夸嘴说："你以为我是谁，咱就是小胡同的长吉呀。"要是今年再比不过他们，这句话就要被人当成吹牛，再到辨天池去游泳时，加入长吉这组的孩子恐怕也不会多了。要是论力气，那倒是长吉的劲头大，可是小胡同组的太郎吉和三五郎这些孩子，有的被正太郎温和的态度骗上了，有的又怕他有学问，现在都暗中成了他的人，这些事情怎能不叫长吉生气呢。长吉心里在想："后天就是大庙会，要是再干不过正太郎，一不做二不休，就和他拼了吧，只要能在正太郎的脸上留个大疤，我就是瞎双眼睛断条腿也没多大关系。能帮我忙的有洋车夫的儿子阿丑、搓头绳匠的儿子阿文和摆玩具摊子人的儿子弥助，有了这些人大概就不会吃败仗了。哦，我还有他，他，要是跟藤本商量商量，他一定能帮我出个好主意哩！"长吉左思右想，就在十八日将近黄昏的时候，用手赶走搅扰眼睛嘴巴的蚊子，从竹丛繁茂的龙华寺的庭前，悄悄来到信如的房间，探进头喊道："信君，在家吗？"

"人人都说我太粗鲁，也许我是个粗鲁人，可是，可气的事还是要生气的呀！听我说，信君。去年，我那个小弟弟和正太郎一伙的小鬼，不知为什么用长柄灯笼打起架来了[1]，他们那群浑蛋一看就跑过来，也不管他是个小娃娃，竟把他的灯笼打得稀烂，七手八脚地把他抬起来。一个家伙说：‘瞧，那小胡同小子的可怜相！’连那个细高个子、脸长得像大人似的元宵铺的傻子听说也骂了我：‘什么头子，尾巴，尾马，猪尾马呀！’那时候我偏巧和大伙儿上千束神社去了，等我知道了想马上去报仇，结果却挨了爹一顿骂，只得罢了。再说前年吧，你也知道，大街的小伙子们不是在笔店门口演滑稽戏来着吗？那时候我去看热闹，他们就说些俏皮话：‘你们小胡同也有小胡同的花样吧？’他们光让正太看，可真把我气坏了。管他家里有多少臭钱，还不是连开当铺都嫌不够，又放阎王账的家伙嘛！那种坏蛋让他活着还不如打死他倒干净。我呀，到庙会那一天，一定要报仇。信君，我也知道你不愿意，不过，还是帮我的忙，替小胡同组报仇吧！啊，帮我收拾那个连唱歌也要嚷着他们是正统、摆着臭架子的正太郎吧！他骂我是私立学校的傻

1　日本人在举行庙会时，扛在肩上游行的灯笼愈大愈神气。从江户时代起，平常有仇的群众团体借庙会的机会互相用长柄灯笼打架报仇成为风习。

学生，这不等于骂你吗？我真心求你，就算是帮我忙，用长柄灯笼打他们一顿。咳，我实在气得够呛，要是这回再吃败仗，我这个长吉就再没脸见人啦！”长吉越说越生气，激动地摆着他那宽宽的肩膀。

“我可没有力气呀。”

“没有力气也不要紧！”

“我可不会用大灯笼打人呀。”

“不会就不会呗！”

“要是我参加，你们一定会打败的，这也行吗？”

“败就败吧，这是没有法子呀。你什么也不用做，就顶小胡同组的一个人，摆出架子给他们看看。这么一来，会有很多人喜欢我们这一组啦。我是个大老粗，可是你有学问，要是他们用汉语什么的骂我们[1]，你也用汉语回骂他们好啦。咳，真痛快！放下一块石头啦。只要你答应，我们的力量就大上一千倍，啥也不怕了。信君，谢谢你！”长吉高兴极了，和平常相反，竟用温柔的口吻道了谢。

一个是系着三尺带子、把草鞋套在脚尖上走路的

---

1 明治维新后从各地来东京求学的书生，都爱用汉语说话，以表示有学问，故当时能说汉语者被视为知识分子，受到尊敬。

消防头的儿子，一个是身穿褐色洋布外褂、系着紫色兵儿带的佛门少爷，脑子里想的事当然不同，连平常说话也经常牛唇不对马嘴。尽管这样，长吉是从小在这龙华寺门前长大的孩子，方丈夫妻也宠爱他，而且他又是信如的同学，人家骂他是私立学校的傻学生，信如听了当然也不高兴。这个生来就不讨人喜欢的长吉，可怜从没有一个朋友诚心跟他要好。对方却是连大街上的小伙子们都做了他的帮凶，说句公平话，长吉每天吃败仗，大半都是由于田中屋的不是。信如被长吉苦苦哀求，拿人情来说也不好推托，不得已答应道：

“那么，我就参加你们这一组吧。我要说了帮你的忙，就绝不会失信的。可是‘打架以不打为胜’，还是不打的好。当然了，要是他们先来挑战，我们也没有法子，那时候，像田中正太郎那种小子，我把他像摆弄小指一样摆弄摆弄给你看看。”信如竟忘记了自己的软弱，从桌子的抽屉里拿出一把有人从京都带来的小锻冶[1]的小刀给长吉看。

1 指日本有名的刀匠三条小锻冶宗近，这里是指他那一派的人打的刀。

长吉凑过脸来说："呀，这把刀很快吧！"

危险哪，要是他们真挥起这把刀来，那还了得！

三

大街上有一个小姑娘，人人都管她叫大黑屋美登利[1]。这个姑娘把解开来怕要垂到脚跟的长发，从发根紧紧地扎着，前发松松蓬起，在头顶上挽成一个大发髻。这种发式叫作"赭熊"髻，名字虽然有点可怕，但现在连大户人家的小姐们都爱梳这种头了。她雪白的皮肤，高高的鼻子，虽然不是什么樱桃小口，但紧紧抿着的两片嘴唇倒也顺眼，要是细细品评起来，或许还不能算是美人，但那柔细悦耳的声音，讨人喜欢的眼睛，灵巧的动作，都让人觉得非常可爱。她身穿白底橙色蝶鸟花样的单衣，高高地系着黑缎里、染花缎子面的昼夜带[2]，脚穿连花街也少见的漆色高木屐[3]，

---

1 大黑屋是吉原花街一家一等妓楼的字号。因为美登利住在这妓楼的别院，人家都这样称呼她。

2 面和里子用两种不同的料子缝制的带子。

3 原文作"木履"，是一种不带底齿的高底木屐，姑娘们爱穿。

脖子上擦了一层官粉，手拿湿手巾，看去像是早浴回来的样子。从花街回来的小伙子们看见她这姿容，都说："真想看看她三年后的风姿哩！"

听说这姑娘家乡在纪州，所以说话带点纪州口音，听起来很可爱。不过，最惹人喜爱的还是她那落落大方的风度。因为她姐姐是吉原最有名气的红妓女，所以像她这样的一个小姑娘也沾了姐姐的光，身边老是带个很沉的钱包。鸨母们为了奉承她的姐姐，有时候也给她一些钱，说："美姑娘，拿去买一个洋娃娃吧！"又说，"这点钱是送给你买皮球的。"给的人并不图她报答，拿的人更不在乎，她一年到头任意挥霍。她竟把同样的皮球送给了同班的二十个女同学。可是，这还不算什么，为了叫小伙伴们高兴一下，有一回她把笔店长久卖不出去的玩具统统买下来分给他们了。她成日成夜地这样挥霍，年纪又这么小，更不是什么大财主的小姐，当然会使人奇怪这姑娘将来究竟要成一个什么样的人。双亲虽然都在，却是一味地迁就她，从来没有说过她一句，那妓楼老板宠爱她的样儿也叫人纳闷。听说，她一不是老板的养女，二不是他的亲戚，只不过她姐姐卖身的时候，她爹娘听从了来看相的老板的引诱，说可以到这儿来谋生活，全家三口子就带了行装出来了，除了这些就不知道有什么别的内情。现在他们一家寄住在妓楼的别院，给老板看房子。娘替妓女缝衣裳，爹在花街某妓楼做账房。她自己就学歌舞和缝纫，其他的时间爱做什么就做什么，半天在姐姐房间里玩，半天在街上耍，朝朝暮暮，耳闻目睹的，都是三弦声、大鼓声和艳丽的服装。初来的时候，她把藤色缎子衬领披在夹衣领子上，在街上走来走去，胡同里的姑娘们笑她是个“乡下佬”，气得她哭了三天三夜，可是现在她倒要嘲笑别人的土头土脑了，而且也没有一个人敢回一句嘴。

二十日是庙会，小伴们都缠着她，要找个好玩的事大乐一番。

“好吧，你们每个人都想一样好玩的，大伙儿喜欢哪一样，咱们就玩哪一样。花多少钱都没关系，有我哪。”美登利照例挺爽快地满口答应下来了。她好像是孩子中的女王。这罕有的恩惠比大人说的话还有效验，孩子们个个都兴高采烈，有的说：

“演滑稽戏吧，随便借哪家铺子门口演演，好让大街上都瞧得见。”

“那有什么意思！还是给我们做一座神舆[1]吧，就像蒲田屋店里那座真的一样，重点儿也不要紧，嗨呀嗨呀嗨呀，保管抬得动！”另一个孩子说着，还把手巾一搓，扎在头上。这时候女孩子们赶紧拦着说：

“那我们没有啥玩头。光看你们玩有什么意思，美登利姑娘也不乐意哩。还是让她出个主意吧！”听她们的口气，好像看庙会不如去看常盘座的戏更有趣些。

田中正太郎滴溜儿滴溜儿地转动着他那可爱的眼睛，说：“放幻灯怎样？幻灯片！我家也有几张，不够的话再叫美登利姑娘给我们买，就在笔店里放。我来放，叫小胡同的三五郎当说明人。美登利姑娘，你同意吗？”

“好好，这才好玩哪！要是让阿三当说明人，大伙儿一定会笑痛肚子的，再把那张面孔也映出来，那就更有趣啦！”美登利表示同意，大家也都同意了。幻灯片还差一些，正太郎就立刻去买，在街上满头大

1　日本神社庙会时，信徒们抬着游街用的轿子。

汗地跑来跑去；于是，一传十，十传百，到第二天，连小胡同的孩子们也知道这件事了。

四

打鼓的声音，弹三弦的声音，在这些胡同里从来也没有间断过。到了庙会那一天，一切的景象自然又大不相同，除了冬月酉日的庙会，再没有比这一年一次的大庙会热闹的了。三岛神社、小野照神社，因为彼此都是邻社，信徒们个个讲究排场，于是就争奇斗胜起来。大街和小胡同的居民都穿一色的节日单衣：白色真冈布，上面印了用花体字写的胡同名，可是也有人说花样比去年还差呢。人人都尽量用挺粗的麻布揽袖带紧束双袖，麻布是染成了山栀色的。十四五岁以下的孩子们还在这麻布揽袖带上系了纸糊的不倒翁、猫头鹰和狗儿等小玩意儿，系得越多越显得神气。有的竟系上七个九个十一个，在背后打的结子上又系了很多丁零当啷的大小铃铛，穿着分趾袜子，得意扬扬地跑来跑去。在这一群孩子里，只有田中正太郎和别人不同，他身上穿了印有字号、肩上有红条纹的外褂，雪白的脖子下面系着深蓝色的肚兜。这种装束是少见的，大家仔细一看，原来紧紧系着的腰带是鸭蛋青色的上等绉绸，领襟上的字号也染得非常鲜明。在后脑勺上打了结子的扎头手巾上插了一朵从山车上摘下来的假花，他东跑西窜，襻子的雪驮响声和鼓笛的声音和成了一片，但是他却没有参加吹笛打鼓的那一群。

宵祭[1]平安地过去了。到了黄昏时候，十二个孩子都聚集在笔店的门口，只有美登利没有来，她还在慢慢地打扮化妆呢。正太郎等得不耐烦，在笔店门口进进出出，终于对三五郎说：

“喂，三五郎，你去叫她一声！你没有去过大黑屋的别院吧？在外院喊一声，美登利姑娘准会听见的。去吧，赶快去！”

三五郎立刻答应道：“那么我去叫她来吧。灯笼搁在这儿，大概没人敢来偷洋蜡，正太君，你好生替我看着！”

---

1 日本人一般把庙会前一天晚上举行的祭祀叫“宵祭”，此处指庙会晚上的祭祀。

“你这家伙真小气！有说这话的工夫，快去得了！”

三五郎挨了比自己岁数小的正太郎的骂，一面喊着：“好好，这就去！”一面没命地往外跑，好像韦驮天[1]跑路的样子。姑娘们看他跑着，个个都笑得喘不过气来，说：“瞧，三五郎跑路的样儿，真滑稽呀！”说也难怪，三五郎长得又矮又胖，脑袋像个大木槌，脖子又粗又短，从前面看又是凸额、狮子鼻，因为门牙露在外面，大家管他叫“龅牙三五郎”。皮肤不用说，是黝黑黝黑的，幸亏眼睛长得挺滑稽，颊上又有两个酒窝儿，眉毛也长得像孩子们蒙眼玩的“福笑”[2]，你一看这副嘴脸就会不由得笑起来；总之，他是一个性情滑稽的天真孩子。看来家里不太富裕，在这么多孩子里，只有他一个人穿着阿波地方的绉布窄袖衣，他对那些不知道底细的小伴说：“我的节日衣裳还没做好哩。”

---

1 传说是守护佛法的神，南方增长天王的八将军之一，因当捷疾鬼夺佛舍利逃跑时，追上他抢回，故被视为善于跑路的神。

2 日本小孩过年玩的游戏。画一张空脸，另分画五官，玩的人用手巾蒙上眼，把五官一个一个地放在空脸上，因看不见，放的位置不准，做出很多可笑的嘴脸来。

三五郎还有五个弟妹，父亲是拉洋车的，虽然在五十轩一带有不少主顾，蹲在家里的穷神却累断骨头也拉不出去。于是前年，三五郎到了十三岁就当了他爹的帮手，在并木街的一家排版所当学徒。可是三五郎是个天生的懒汉，不到十天就跑了回来，以后换了许多地方，没有一个地方能待上一个月，现在又回到家里，从腊月到春天，就在家里做羽毛球；夏天在检查所[1]附近的一家冰店里帮忙，因为他招徕顾客的喊声很滑稽，老板也相当器重他。自从去年被雇去拉仁和贺戏的屋台车以来，小伴们就瞧不起他，到现在还管他叫"万年街"[2]。但是一提起三五郎的名字来，人人都知道他是个小滑稽，也没有人讨厌他。田中屋是三五郎家的救命恩人，全家大小都依靠他家过活，虽然他家放的是印子钱，利钱不小，但若借不着这个钱，三五郎家连锅盖也揭不开，所以正太郎还得算是他家的救命恩人，三五郎怎么能够得罪他呢。正太郎

1　指吉原花街内的妓女健康检查所。

2　吉原附近的东京有名的贫民窟。在拉仁和贺戏的屋台车时，大半都雇用万年街一带的居民，因此三五郎被耻笑为"万年街"。

要是喊一声："三五郎，到我们大街来玩！"三五郎为了情面就得要听从。可是，三五郎是生在小胡同长在小胡同的孩子，天天踩的是龙华寺的地，住的是长吉他爹的房，所以不敢明目张胆地背叛长吉，有时候又不得不偷偷地帮正太郎的忙，但这么一来长吉就不高兴了，真是弄得他左右为难。

正太郎坐在笔店的门口等得无聊，就低声吟起"背着人，染相思……"来。老板娘一听见就笑着说："哎呀，倒看不出！"

正太郎被她取笑了一阵，不知怎的觉得耳朵发起烧来，为了遮盖过去，他就故意大声喊道："跟我来！"于是带着一群孩子跑出去。恰好在这时候，听见有人喊道：

"正太，怎么还不回来吃晚饭，是不是玩呆了，喊半天你没听见吗？"原来是奶奶接他来了，"你们回头再玩。老板娘，每次都打扰你了。"奶奶对笔店的老板娘也打了招呼，带着孙子就走。正太郎看奶奶亲自来接，不好说"不"字，就跟着她回去了。他走后顿时冷落不少，站在路旁的两三个媳妇望着他们说：

“人数还是那么多，可是少了那个孩子连咱们大人也觉得没味儿了。虽然他不像三五郎那样逗人发笑，也不胡吵乱闹，但是他那让人喜欢的性情，在有钱的少爷里也是少见的。不过，你瞧见了吗？那田中屋的寡妇倒是个讨厌的老东西。已经六十四岁啦。幸而没擦粉，可是再瞧一瞧那个脑袋吧，梳了个那么大的圆髻，真没脸！说起话来甜言蜜语，骨子里连讨债逼死人也毫不在乎，将来恐怕要把钞票带进棺材里去呢。唉，话只能这么说，咱们见她不敢抬头，还不是为了那件东西！说起来谁不想要，听说花街里的好几家大妓楼，也借她的钱过日子哩。”

五

这是一个夏天的傍晚，凉风一阵阵吹来，白天出了很多汗的美登利，洗了澡，擦干了身子。正在对着镜台施粉涂脂哩。娘在旁边用手替她把鬓角上松了的几根散发往上梳梳，觉得自己的姑娘倒也挺好看，那么看，这么瞧，还不住地说脖子上的粉薄了些。她替姑娘穿上凉爽的淡蓝色友禅夏衣，配了稍窄的淡茶色绣金丸带[1]，等把木屐摆好在台阶上，时间已经过去好久了。

三五郎在外面左等右等，等得实在难受，围着木墙绕了七个圈，连哈欠也打尽了，驱不散的出名的蚊子又凶狠地咬他的前额和脖子，正在进退两难的时候，美登利走了出来，喊了声："走吧！"三五郎一句话没说，拉住美登利的袖子就跑。

"唉，累死人哪，胸口都痛了。你这么瞎跑，我不跟你一道去了，你自个儿先去把。"三五郎被美登利骂了一顿之后，两个人一前一后来到笔店门口；一看正太郎还没来，大概他在家里吃晚饭哩。

"唉！没意思，没意思！他要是不来，我也不愿意先玩幻灯了。——伯母，你们铺子里有七巧板卖没有？老虎棋也行，什么都行，老闲着真无聊！"美登利说。

女孩子们一瞧见美登利发闷，于是立刻借来剪刀，用纸剪裁起来。男孩子们由三五郎领头，开始用

1　和昼带相反，面里都用同样的料子缝制的带子。

怪声唱起仁和贺歌[1]：

北里繁荣，
户户悬灯；
五丁街[2]上，
生意兴隆。
……

记性好的孩子把去年、前年的仁和贺歌也一连串地唱下去，可是，手势和拍子却一点都没有变。十多个孩子唱得门外围了一大群看热闹的人。这时候，从中间挤进一个孩子来说："喂，三五郎在不在？到外面来一下！快点！"

三五郎一看是搓头绳的文治，就漫不经心地答应一声："好！"说罢便敏捷地跳出门槛。这时候恰好飞来一个拳头，落在三五郎的脸上："你这个叛徒，吃我一拳吧！给小胡同组丢丑的家伙，绝不放过你！

1 演仁和贺戏时演唱的歌曲，歌词和歌曲每年不同。

2 吉原花街内有五条街，故总称为五丁街。

瞧瞧我是谁？是长吉来啦。你在干着什么屁事，别后悔呀！”

三五郎魂都吓掉了，“呀”的一声赶紧往店里跑。这时候小胡同的一群孩子一窝蜂似的拥了上来，扯住他的领子把他拉了回来，七嘴八舌地乱嚷：“打死三五郎！”“把正太也拉出来收拾收拾！”“脓包别跑！让元宵铺那个傻子也知道知道咱们的厉害！”笔店门口顿时乱成一团，挂在门口的庙会灯笼一眨眼工夫就被打掉了。老板娘尖声地直嚷：“屋里的吊灯也危险啦！不准在咱门口打架呀！”但是谁也没有理她。

十四五个孩子都用手巾扎着头，手里拿着长柄大灯笼，泥脚踏着铺席，不问青红皂白，打了个落花流水。他们找不着对手正太郎，就围住三五郎又打又踢，连声追问：“把正太藏到哪儿去了？他逃到哪儿去了？说！说！非叫你说出来不可！”

美登利气得发抖，推开小伙伴们挺身而出：“喂！你们和阿三有什么仇？想和正太打架就去找他好啦！正太没跑也没躲，难道没看见他不在这儿吗？这儿是我们玩的地方，不准你们来捣乱！讨厌鬼长吉，为什么打阿三？哎呀！又把他拖倒啦！要是有仇打我好啦，我当你们的对手！伯母，别拦我！”美登利一面骂，一面抢上前去。

“你这婊子，嚷什么？继承你姐姐那行的花子，我才不把你放在眼里哪，给你吃这个吧！”长吉从人丛后边一面骂一面脱下脚上的泥草鞋扔了过去，不偏不斜，正好打中了美登利的前额。美登利顿时变了脸色，站了起来。老板娘一看，怕她受伤，急忙抱住了她。

“瞧！这下子可知道咱们的厉害了吧！咱们这儿有龙华寺的藤本。要是想报仇，随时都可以来找咱们！你这傻瓜！脓包！胆小鬼！回去的路上有埋伏，走过小胡同黑暗的地方可小心点！”小胡同组的一群顽童七手八脚地把三五郎扔到地上，这时候远远传来皮鞋的脚步声，才知道是有人报告了派出所。

“跑！”长吉一喊，丑松、文治领头的十几个孩子，各自找个方向，四散奔逃，有的跑进小胡同里躲了起来。

“气死人！气死人！气死人哪！长吉、文治、丑松这些浑蛋，你们为什么不杀死我！为什么不杀死我呀！为什么不杀死我呀！我三五郎，是不会白白地让你们弄死的，我要变成鬼捉你们！记着吧，长吉你这浑蛋！”三五郎气得落下大颗的泪珠，接着“哇！”的一声号啕大哭起来，浑身怕是被打得很痛，两只窄袖到处裂开了口，背上腰上尽是泥。

老板娘看到这一场架打得太凶，只在旁边干着急不敢劝架，这时候跑过去扶起三五郎，抚摩着他的脊背，拍掉他身上的尘土，安慰他说：“忍忍吧，好孩子！他们的人实在太多了，咱们又都是没有力气的人，连大人都不敢插手，你打不过也没法子。幸亏没受什么伤，路上怕有埋伏，请警察先生送你回家吧。这样咱们就放心了。”老板娘又对着赶来的警察说明了打架的原因。

警察一听，这本是他分内的事，就立刻答应说：“好，我送你回家去。”伸手就牵三五郎的手。

三五郎吓得急忙缩回身子：“不，不，不用您送，我自个儿会回去。”

“别害怕！我只把你送到家，别的什么事儿也没有。”警察微笑着说，摸摸三五郎的头。

三五郎却越来越畏缩，垂头丧气地说：“要是爹知道我和长吉打架，一定又要骂我。长吉的爹是我家的房东。”

“那么，就送到你家门口吧。我不让你爹骂你就是。”警察把三五郎安慰了几句，就牵着他的手离开笔店。看热闹的人这才放下心，目送着他们离去。真想不到，在拐进小胡同的当儿，三五郎却猛地甩开警察的手，拔腿逃跑了。

六

“真是个稀奇事儿，说不定这样的热天还要下雪哩。你不愿意上学，难道有什么不高兴的事吗？如果不想吃早饭，回头给你叫一盘醋鱼饭卷吃。说是感冒，也不见发烧，怕是昨天玩累了吧？太郎神社[1]的早拜你别去了，娘替你去就是了。”美登利的娘唠叨着。

美登利一听赶紧说：“不，不，为了姐姐生意兴旺，我自己向太郎神社许过了愿，要是不去参拜，实

1 日本花街柳巷的人和一些生意人把狐狸视作生意的守护神，盖了神社祭祀狐狸魂。这些狐狸都有名字，“太郎”是吉原附近的居民祭祀的狐狸名，一般称为“稻荷神社”。

在说不过去。你给我点香钱，我就去吧。”她说着就从家里跑出去，一口气跑到一片庄稼地里的稻荷神社那里，敲响鳄口[1]，合上双掌，也不知道求的是什么事，只是低着头走来走去。

正太郎看见了她，远远地就喊了一声，飞也似的跑来，拉住她的长袖，急急地说：“美登利姑娘，昨晚真对不住你。”

“有什么让你道歉的呀？”

“可是，他们因为恨我，才来找我打架的。要不是奶奶来叫我，我是不会回去的，也就不至于让他们把三五郎打得那么凶了。今天早晨，我到他家去看他，他边说边哭，气得要命。我听了也真生气。听说长吉还用草鞋打了你是不是？这小子真太浑蛋了！可是，美登利姑娘，原谅我吧，我并不是知道他们来了才跑回家去的。原来我急急忙忙吃了饭，正想出门，奶奶偏要去洗澡，没有办法，我只好留下看家。正在这个当儿，他们就跑来打架了。我真的一点都不知

1　吊挂在佛殿或神殿屋檐下的一种扁圆形中空的金属佛具。下面横开着一道长口。如鳄鱼的嘴，故有此名。在鳄口前面吊挂着一根用布搓的粗绳，参拜者用这绳子打在鳄口上弄响。

道。”正太郎好像自己得罪了美登利似的向她赔罪，担心地望着她的前额，问她痛不痛？

美登利嫣然一笑说：“不，这么点小事，他们不能把我打得怎样。不过，阿正，不管对谁，千万别说出我被长吉的草鞋打了。要是娘知道了，一定会骂我的。连爹娘也绝不打我的头，我的额头给长吉那种人的草鞋弄脏了，岂不等于被他用泥脚踩了一样吗？”

正太郎看到她背过脸去的样儿怪可怜的，心里不由得一阵难过。

“真的请原谅我，这都是我的不是。我真心向你赔不是了。不要再生气啦，好吗？要是你生气，我就不知道怎么办好了。”正太郎一面说一面走，不知什么时候已经走到自己家的后面，于是紧紧拉着她的衣袖说，“进去坐一会儿吧，美登利姑娘，屋里没人，奶奶又出门收利钱去了，我一个人看家怪冷清的。我把那天和你讲过的锦画[1]拿出来给你看，有很多样子呢。”

1 日本17世纪盛行的色彩华丽绚烂的版画，一般画有人物和群众生活风俗等。

美登利默默地点了点头，就从幽静的小折门走进院子里一看，虽然并不宽敞，却摆了很多花盆，倒也很清雅。屋檐上吊着一盆金露草，这准是正太郎“午日”[1]那天在夜市买来的。不明底细的人或许觉得奇怪：胡同里最有钱的这个田中屋家，怎么只有这老太婆和孙子两人呢？而且老太婆身上带了大串钥匙，连肚子都会冰得受凉的。因为对面都是连檐房，人们坐在屋里也能看见外面，所以尽管她不在家，也没有人敢扭断锁进去。

正太郎抢先走进房间，找个凉快的地方，喊着说：“这儿凉快些，到这儿来坐一坐吧！”说着就找团扇替美登利扇起来。他真不像个十三岁的孩子，处处都想得这么周到。他又从里面拿出许多家藏的锦画，一张张地翻给她看，瞧瞧美登利欢喜的样子，自己也觉得很高兴，又拿出各式各样的羽子板[2]来。

---

1 日本各寺院在神佛诞辰、示现的一天举行祭典，这一天叫作“缘日”。“午日”是稻荷神社的“缘日”。每月“午日”在神社附近有夜市。

2 即打羽毛球的木板拍子。普通的板子背面贴着用各种料子做的人形、花卉等，大小不同。

“美登利姑娘，你瞧瞧从前的羽子板。这一块是我娘在公馆里当差的时候[1]，上边赏给她的。这么大，多滑稽！羽子板上的人的面孔，和现在的也不一样哩。唉，要是娘活着，那该多好啊。我在三岁的时候娘就死了。爹还活着，娘死了他就回乡下老家去了[2]。现在只留下奶奶和我两个人，你可比我强多啦。”正太郎不知不觉地谈起自己的爹娘来。

“瞧，画都给你弄湿啦，男人是不可以哭的。”

正太郎被美登利这样一说，就道：“也许是我的心太软了。我经常想起很多事来。现在还好，一到冬天我就受不了。冬天的晚上，月亮照着，我一个人到田街去收利钱，那时候不知道站在堤坝上哭了多少回。我不是冻哭的，我不怕冻。自己也不知道为什么，就想起了许多许多事。嗯，从前年起，我就出去收利钱了。奶奶上了年纪，晚上出门怕有危险，她的眼睛又不好使，盖印什么的都不方便。奶奶说从前我

1　日本有些人家把女儿送到上流家庭去学习礼节和女红等，不领工钱。

2　正太郎的父亲是赘婿，妻子死后回他老家去了。

家用了好几个伙计，可是他们欺侮我们一老一小，都不好好干。奶奶打算再过几年，等我长大了，重开当铺，当然不能开过去那么大的，但至少也要挂起田中屋的牌子，她老人家现在就天天盼望这个。人家都骂奶奶是守财奴，可是她那么爱钱还不都是为了我？所以我觉得对不住奶奶。在通新街一带有很多可怜的人家，他们一定会背地骂死她，我一想起这些，就不由得流泪。说来说去，还是我的心太软了。今天早晨，我上三五郎家要钱去了，看见阿三怕他爹知道他打了架，正忍着身上的疼痛照样干活。我一看心里就难过，连话也说不出来了。男孩子爱流泪，这不是很可笑吗？大概就因为这个，小胡同那些野孩子才瞧不起我吧？……”正太郎说了一半就停下来，不好意思地微红着脸，无心地用他可爱的眼睛和美登利对望着。

“庙会那天你穿的那套衣裳真合适，配得多好看哪！我真羡慕你，要是我也是男人，我一定要那样打扮哩。真的，你打扮得比谁都好看。”

正太郎受了美登利的称赞，又高兴起来：“得了，我算什么，你才好看呢。别人都说你比花街的大卷姐姐还要漂亮。如果你是我的姐姐，我就跟着沾光啦。你到哪儿我就跟你到哪儿，向大家显摆我的姐姐。你知道，我连一个兄弟也没有，还有什么好讲呢。噢，美登利姑娘，一块儿去照相好吧？我穿着庙会那天的衣服，你呢，穿那件宽条纹的亮纱衣裳，打扮得漂漂亮亮，一块儿到水道尻的加藤那里去照，让龙华寺那个家伙羡慕羡慕咱们吧。他准会生气，气得脸都要发青的。可是不管他怎样生气，他也有本事憋在肚子里，绝不会红脸。要不然，他就会笑话咱们。笑就笑吧，我才不在乎呢。要照张大的，把它放在陈列窗里，那该多好呀！怎么啦，你不愿意吗？瞧你的脸好像不愿意似的……”

美登利听到他那埋怨的口气觉得很可笑，不禁扑哧笑了。

“我怕照难看了，会惹你讨厌，不喜欢我了。”看她笑得娇声娇气的样子，好像生了半天的气都消了似的。

凉爽的早晨不知不觉地过去了，天气渐渐热了起来。

“阿正，晚上再见。你也上我家里来玩啊，咱们在池子里放灯笼、追小鱼玩，好不好？池子上的小桥已经修好了，再也不用害怕了。”美登利说着，就站起来，从折门回家去。正太郎高高兴兴地目送着她的后影，心里想，她真美啊！

七

龙华寺信如和大黑屋美登利两人都在育英学校读书。四月末，樱花凋谢了，人人都在绿叶下欣赏藤花，他们学校在水谷草原开了个春季运动大会。孩子们都参加了拔河、抛球、跳绳等很多项目，玩得太高兴了，却没注意苍茫的暮色已经笼罩了大地。就在那天，不知为什么，信如失去了平常的镇静态度，被池旁的一棵老松树根绊倒，手指都插到黄泥里，连外褂袖子也弄脏了。刚巧那时候美登利在旁边，看不过他那狼狈相，拿出自己的红绸手绢说："用这手绢儿擦干净吧！"想不到这件事被一个同学看见，他带点醋意地在伙伴中说：

"藤本那家伙真不像和尚，和姑娘嘀咕了半天，还嬉皮笑脸地向她道谢。看来美登利姑娘要做他的媳妇儿吧。和尚的老婆就是‘大黑’[1]呀。”

信如向来就不爱听这种话，一听谈论这类事情，都掉过脸去，现在大家竟谈到自己，怎么能受得了呢。从此他一听见美登利的名字就不由得心慌，怕那些人又提起那天的事，心里始终怏怏不乐。可是，他也不能凭空和美登利闹别扭，只有决心今后尽量不理她，装作冷淡，板起脸来。不过，有时候美登利当面问他话，信如真不知道如何是好，虽然总是说“不知道”，但心头纷乱，身上一阵阵冒冷汗，真有说不出的难受。

美登利起初不知道信如的心思，一瞧见他就亲热地喊：“藤本哥！”“藤本哥！”有一次放学的时候，她先走出了校门，在路上看见一棵树开了好看的花儿，就站在树下等着后面的一群男生，一看其中信如的个子最高，就央求他道：

“你瞧！这棵树上开了那么好看的花儿，可是树枝太高，我够不着。信哥，你比我个儿高，一定够得着，劳你驾，请替我摘一枝吧！”

1 大黑即指佛教的大黑天，因为寺院中把他的像设在厨房里，人们常称和尚的妻子为大黑。这样恰好讽刺大黑屋美登利是信如的妻子。

信如不好意思不理她，但又怕同学说闲话，实在为难，只好随手从靠近的树枝上，不管好坏，敷衍地摘下了一枝，顺手丢给她，然后就匆忙地走开。美登利不禁一愣，觉得信如这人脾气太古怪了。后来接连又遇到了同样的情形，她才慢慢明白原来信如是故意跟她闹别扭的。他对人和气，对她反而冷淡；向他打听事情从来没有好好回答过，走到他旁边他就躲开，和他说话他就生气，阴阳怪气的不痛快。美登利真不知道怎样对待他才好。于是，她肯定信如性情乖僻，总想尽方法折磨她。想到这些，她心里就生了气，下决心再不理他了。在学校里和他擦肩走过也不开口；在路上和他迎头碰见也不招呼，从此以后，他们中间无形中仿佛隔了一条大河，渡船和筏子都没有，两个人沿着河岸两旁，各走各的路。

庙会过后，从第二天起，忽然不见美登利上学了。不用问，这是因为额上的泥污虽然洗去，耻辱却留在心里，她真正烦恼了。她想："不管大街也好，小胡同也好，既然在一个学校读书，难道不都是同学吗？奇怪的是那个信如，平常总把两条胡同分得那么清楚，随时都要比比高低。他欺侮我是女孩子，无论如何打不过人，因此庙会晚上就闹出那样的事来，这实在太卑鄙了。长吉的不讲理是出了名的，但要是没有信如的教唆，他也不敢闯到大街上来打架。信如这个人平常在人面前装出一副斯文的样子，可是这回在背后操纵的，除了他还有谁呢？尽管他是个高班生，学问好，是龙华寺的大少爷，大黑屋美登利可没有领过他一张纸的人情，凭什么教唆长吉骂我是叫花子！要说他龙华寺有好多有钱有势的施主，可是我姐姐也有不少老相好是官老爷；还有那个矮个儿的议员老爷，想要给姐姐赎身，娶她做正房，但是姐姐不喜欢他的气质，没有答应。听鸨母说，那人在官场上也很有名气。不信去打听好了，人家都说大黑屋要是没有大卷，那生意也就完了，所以妓楼老板连对我爹娘和我都不敢怠慢。像那回我在妓楼房间里打羽毛球，一失手撞倒了摆在壁龛上的大花瓶，碰坏了供在旁边的老板平常心爱的瓷胎大黑神[1]，当时老板正在隔壁房间里喝酒，只说一声：'美登利，你太淘气了。'一句也没骂我。后来院里的姐姐们常常谈起这件事，都羡慕

1　大黑神是日本七福神之一，和佛教的大黑天不同。大黑屋老板是把它拜为生意的守护神供着的。

地说：‘要是换个别人，真不知要被骂成什么样了。’归根结底，这都沾了我姐姐的光。尽管住在人家的别院里，替人看家，但姐姐是花街最有名的大黑屋大卷，我不是应该受长吉之辈欺侮的人。龙华寺的小和尚竟用那么厉害的手段来对付我，这太可恨了！”美登利原是娇养惯了的孩子，自然受不了这种侮辱。她气得折断石笔，扔掉墨，连教科书、算盘也不要了，从此就不再上学了，整天和要好的小伙伴们尽情玩耍。

八

头天晚上，客人们乘着车子飞奔而来，可是到了第二天早晨，客人们又带着温柔的残梦乘着车子回去，这是何等寂寞啊！有的人怕人瞧见，把帽子低低地遮到眼前；有的人用手巾包着脸，回味着分手时她们在他背上的一击[1]，被打得越重越觉得高兴。一想

1 日本花街柳巷的妇女送走顾客或嫖客时，会狠狠地在他们背上打一下。据说这是警告他们不要另找新欢。

到这里，他的脸上就笑眯眯的，那样儿看来真有点吓人；要是走到坂本，一不小心就会撞上从千住满载青菜回来的大车哩。难怪大家都把花街到三岛神社拐弯的一段路叫作疯子胡同，经过这一带回家的人，个个脸上带着一副笑眯眯的傻相。有人见了，曾经在胡同旁说过这么失礼的话："尽管他们是赫赫有名的显官大员，却是一个子儿也不值。"

这个年头儿，家家都把女孩子当成宝贝，这用不着引用《长恨歌》中"杨家有女初长成"这句话，只看从这附近的杂院出过多少赫夜姬[1]，就自然会明白了。现在乔迁到筑地的某某班去陪伴显贵的那个名叫阿雪的擅长舞蹈的美人，尽管在宴席上装稚气，说是不知道大米长在什么样的树上，但提起出身来，原是在这胡同长大的黄毛丫头，在家时做花纸牌当副业的。俗语说"去者日以疏"，当时艳名大噪的这个姑娘，离开胡同后就不大有人提起她了，如今的名花

1 又名"辉夜姬"，日本古典小说《竹取物语》中的女主角。小说情节是有个穷老头儿到山上去砍竹，看见一根竹子在发光，砍下来一看，里面有个漂亮的小姑娘，于是就把她带回去抚养，从此老头儿就富贵了。后来，有五个贵公子向她求婚，都被拒绝，皇帝打算召她进宫，她在八月十五日化为天女，奔月而去。

却是和她同样在这胡同里长大的、名叫阿吉的染坊姑娘，这会儿在千束街挂了新葛屋的御神灯[1]，成了公园[2]一带最有名气的红姑娘。每天大家谈论的，尽是姑娘发迹的新闻，这儿的男子都和在垃圾箱里找食物的黑斑狗的尾巴一样，仿佛是个无用的累赘。在这胡同被称为“小伙子”的后生们，从爱出风头的十七八岁起，就结拜为兄弟，称起“五人组”“七人组”，虽然没有人敢学把洞箫插在腰间的侠客般的打扮，却个个都成了叫什么可怕的名字的大爷的手下，使着同样的手巾，握着长柄灯笼，在花街里荡来荡去；如果不会掷骰子，就只是站在妓楼门口品评姑娘们，也没有资格开开玩笑。这些小伙子只在白天老老实实地干活，一到黄昏，就马上跑到澡堂里洗一个澡，换上七五三衣裳[3]，脚尖套着木屐，见面时就互相谈论：“你看见某某班里新来的姑娘没有？长得像金杉丝线铺的丫头，不过鼻子比她还矮些。”他们头脑里所想

1 游里附近的小吃店或艺人、艺妓等的房间口挂着的灯笼。

2 指浅草公园，这一带是东京有名的花街柳巷，离吉原不远。

3 风流子弟为了使身材苗条，把尺寸放窄缝制的和服，日本男人的标准和服尺寸为八六四。

的尽是这些事，然后站在每家妓楼门口中，强要纸烟，勒索手纸，和姑娘们打打闹闹，把这些看成人生最体面的事情；其中也有好人家的少爷当了二流子，在大门附近惹是生非的。

从五丁街不分四季的繁华景象，可以看出女人势力之大，虽然现在不时兴提着带字号的灯笼迎客人，但带客的娘姨的雪驮的响声，和着青楼里传来的歌舞欢笑，使人不由得心花怒放，飘飘然走进花街。要是问问究竟为的是什么，他们就说："大红领子、赭髻、长长的衲裆[1]衣裾，嫣然一笑的嘴角眼梢，虽然说不出到底哪点儿好，但这些姑娘另有一番风味哩，没到过的人怕是体会不到这个情趣的。"

在这种环境里长大的人，恰像一块白布染上了红色，这也是理所当然的。美登利已经不把男人放在眼里，也不觉得妓女生意是下贱的勾当了。从前姐姐离开故乡时含泪送别的情景，此刻看来像是一梦，如今她却羡慕姐姐成了名妓，可以随心所欲地奉养爹娘

1　日本妇女礼服之一，衣裾拖地，花街里只有头等妓女才能穿这样的衣服。

了。她哪里知道一直充任“御职”[1]的姐姐，日日夜夜有多少数不尽的辛酸呢。召唤情人的那种学老鼠叫的咒术[2]，送客时背上一击的秘诀等，在她听来都是蛮有趣的；在街上说着花街暗语，她也不觉得难堪。说起来这姑娘也是怪可怜的，年纪只有十四岁，她抱着洋娃娃亲脸蛋时的那一分天真，和贵族小姐们原没有两样，但她只是在学校里才学习修身和家政这些课程。不在学校里的时候，她早晚听到的、看到的，都是爱呀不爱的风流传说，印有字号的衣裳[3]，堆起的被褥[4]，以及馆子和妓楼之间的种种诡计。因此，美登利认为华丽是好的，不然就是寒碜，她也分不清什么是白，什么是黑，幼小的心灵一味追求眼前的浮华，再加上

---

1 妓女的最高阶级。在每家高级妓楼里每月收入最多的妓女才能获得这地位。“御职”的排场、威风很大，在妓楼里受特别优待，妓女们互相竞争，一直保持这地位是相当困难的。

2 日本妓女在等着情人或没有生意时，蹲在妓楼格子门旁学老鼠的叫声。据说这样一来，等待的人就会来到。

3 东家在每逢换季时发给用人的衣服；生意人家都在衣服上染印自家的字号。

4 日本花街风习，每逢过节时红妓女都在妓楼门口堆放华丽的被褥，上面贴着自己的花名，供人观赏，以显排场并做宣传。

她天生要强的个性，天长日久就成了一个轻浮的女孩子。

别名疯子胡同、惺忪胡同的这条大街，早晨从游里归来的老爷们都走过去了之后，贪睡的大街也渐渐醒过来了。于是，家家出来打扫门口，地上画出波浪形的笤帚痕迹。这时候如果向这条均匀地洒了水的大街望去，就会看到一群群的人从这儿上花街去：连唱带跳的、卖糖的、练把式的、耍木偶戏的、跳大神乐舞[1]和住吉舞[2]的，还有耍角兵卫狮子[3]的。他们是住在万年街、山伏街、新谷街[4]一带的，每个人都有一技一长，说来还是艺人呢。在装束上，他们各有不同：有的穿着绉绸、亮纱之类，打扮得漂漂亮亮；有的却穿着褪了色的萨摩飞白[5]夏衣，系着黑缎窄腰带；其中有俊俏的男人，也有标致的女人。有的五个人、八

1 原意为在神社里表演的音乐和舞蹈，从江户时代成为民间舞蹈，后来专门表演杂技和跳狮子舞了。

2 一种滑稽舞，由五个人跳。

3 叫男孩子头戴假狮子头，以鼓笛伴奏跳狮子舞，耍杂技。

4 都是吉原附近的贫民窟。

5 日本九州萨摩地方出产的蓝地碎白点花纹棉布。

个人、十个人结伙而来；但也有消瘦的老头子抱着破三弦孤单单地走过；有时候还能看见叫五六岁的女孩子用红揽袖带束着双袖，跳《纪之国》[1]舞讨钱的。他们是给逗留在花街里的顾客开开心，给妓女们解解闷的。看来这些人只要一进花街去卖艺，就有一辈子舍不得改行的好收入，所以个个都不把这附近街道上微薄的收入放在眼里，连蓬头垢面的乞丐也不回头地走过去。

有一个模样儿标致的、拉一手好三弦、嗓子很好的卖唱女人，草帽下露出娇嫩的脸颊走过大街。笔店的老板娘一见就啧啧地说："唉！气人的是她从来不愿意在这儿唱唱曲子！"

刚巧早浴回来坐在笔店门前观看过往路人的美登利，听了这话，就把垂下来的额发用黄杨小梳子往上一拢说："伯母，我去请她来！"说完就吧嗒吧嗒地跑去拉住她的袖子。虽然美登利只是微笑，不肯说出给了她什么，但是那女人居然马上唱了一曲大家喜欢

1 日本和歌山县一带的古名，在此指日本舞蹈名。

的《明乌》[1]，又娇声说了“望姑娘再照顾”这句道谢的话，看来花的代价怕是不小哩。听曲的一群人咂嘴说：“这难道是小孩子做的事？”大家丢下卖唱的，都望着美登利的脸。

美登利常常悄悄告诉正太郎：“我呀，真想把路过的艺人统统叫住，三弦声、吹笛声、打鼓声，热热闹闹，唱呀跳呀的，做出别人做不出的事来大乐一阵呢。”

正太郎听了，吃惊地瞪大了眼睛说：“我可不喜欢！”

九

“如是我闻，佛说阿弥陀经……”

龙华寺的念经声与松啸声和成一片，使人听来不由得万念俱空。但是从这寺院的厨房里飘出来的，却是一股带有烤鱼味儿的青烟。坟地上晒满了婴孩的尿布。当然僧侣们各有各的宗旨，这也没什么稀奇，可

1　日本歌谣名。

是如果把他们当作木石的人看见了，一定会嫌恶得掉过脸去的。

龙华寺方丈越是发财，也就越发福，他大腹便便，脸上泛出既不像桃花又不像樱花的红光，真是无法形容的好气色。从剃光了的头顶起，脸上、脖子上都是一片红铜色，光溜溜的，一点黑斑都没有。他那耸起花白眉毛来纵情哈哈大笑的样子，真使人担心会惊动了正殿里的如来佛，使它从台座上滚下来。

方丈太太是个刚过四十岁的女人，白皮肤，头发稀疏，头上梳个小圆髻，模样儿也不太难看。她对待香客殷勤周到，从没听见门口花店的尖嘴老婆骂过她，这一定是由于太太经常给她些旧衣、剩菜等小恩惠。这位太太原先是龙华寺的小施主，因为很早就死掉了丈夫，孤苦伶仃，就央求方丈准许她暂住在寺院里，帮着做些针线活。她为了赚到一口饭，每天洗衣做饭不说，还帮忙照管香火，打扫坟地。老和尚看到她利落勤快，心中打个算盘，觉得有这么个女人倒也合算，于是就暗地里看中了她。女的因为和尚比自己大二十岁，也知道年龄不相配，但一想到自己是无家可归的人，这么一来恰巧找到个可以维持后半生的好地方，也就顾不得旁人的议论了。施主们虽然认为这是不体面的事，但看看女的心地还不坏，所以都不加责备。当女的怀了叫阿花的女孩时，施主里面有个开油坊的坂本老太爷爱管闲事，自告奋勇地做了现成的媒人，让他们成了正式夫妻。她一共生下了一男一女，男孩子就是信如，信如的性情跟他的姐姐大不相同，他是天生的古怪脾气，整天坐在屋里不说话。姐姐阿花倒是挺可爱的姑娘，脸上长着白嫩的双下巴，虽然不是美人，但因为正在妙龄，人缘又好，因此人们都觉得这么个姑娘关在家里太可惜了。不过要叫佛门姑娘过青楼生活，在释迦牟尼弹三弦的世界那还可说，现在老和尚却也不得不顾虑旁人的议论，只好在田街开个雅致的茶店，把姑娘放在账房里应酬买主。于是，只会花钱不会打算的年轻小伙子自然而然地都喜欢上这家茶店来闲耍，每晚都要坐在店里谈谈笑笑，过了十二点才回去。这么一来可忙坏了老和尚，每天东跑西跑地去讨账，照顾铺子，经管各种法事；每月还有固定的讲经日，所以他又要查账，又要念经，唉唉，这怎么叫人受得了呢。一到黄昏，老和尚就叫太太在廊檐上铺一张花草席，法衣耷拉在半边，盘膝而坐，一面用团扇扇风，一面拿起太太给斟满烧酒的大酒杯一饮而尽，下酒的菜照例是从大街上的武藏屋叫来的又肥又大的烤鳗鱼。

在这个时候，跑腿的就是信如了。信如心中一百个不愿意，一肚子的委屈，走路也不敢抬头。他听见对过笔店里的孩子们的谈笑声，就疑心是在讥笑自己，他就装作没事人似的走过鳗鱼店的门口，看看左右没有人时，才急忙跳进店里，那时候的滋味真是形容不出的难过。信如暗暗发了誓：我一辈子也不吃荤！

老和尚是通达世故人情的人，虽然有人说他过于贪心，但他却不是个怕闲话的胆小鬼，如果有空，说不定还要做福神竹耙当副业呢。所以在冬月酉日那天，他就在寺院门前空地上摆出了卖簪子的小摊，叫太太用手巾包着头，要她叫卖：“喂，要图个吉利就买一支吧！”

起初，太太觉得有点害羞，但听说不是生意人的邻居也都摆了摊子，赚了很多钱，她就自己盘算起来：“一来此刻正是热闹的时候；二来谁也想不到我会摆摊子，而且天色黑了，也不会让人识破的。”于是，白天叫花店媳妇帮忙，到了黄昏就亲自出马，站在摊子后面做生意，贪心使她忘了羞耻，不知不觉地直着嗓子把买主招呼回来："少算点儿吧！少算点儿吧！"

买主也由于人太多，被挤得头昏眼花，竟忘了这儿是他前天来求佛保佑今生来世的寺院的门口，一方要价："三支簪子五分钱行吗？"就有人还价："五支三分钱就要！"现在这黑暗的世道里，像这样暗里赚钱的例子原不在少数。

信如最看不惯这种行为，虽然还没有传到施主们的耳里去，但也担心四邻的人会怎样想，又怕小伴们谈天时讥笑自己："龙华寺摆上卖簪子的摊子了，信如他娘像疯了似的叫卖哩！"所以他也曾劝过父亲："请别做那种事情了吧！"老和尚压根儿不听，反倒哈哈大笑地说："得了！得了！小孩子家懂得什么！"信如看见老和尚早上念经，晚上查账，手里握着算盘，乐得合不拢嘴的样子，虽然是自己的父亲，但也觉得他太下贱了，真恨他为什么还要剃发。

老和尚一家嫡亲骨肉，和和睦睦，按理不会让信如变成一个阴沉的人。可是因为他生来忠厚，而一家人都不听他的劝告，就不由得遇事感到乏味。他觉得父亲的作风、母亲的行为、姐姐所受的教育，没有一样是正当的，说了出来也是徒然，没有一个人听信他的话。于是，他只好灰了心，把郁闷藏在自己的心里。同学们只以为他是个脾气古怪的人，其实他是个又忧郁又懦弱的孩子。听见别人说他一点坏话时，他从没有立刻出来同人家打架争论的勇气，只是躲在自己的屋子里。虽然这么胆小，可是因为他在学校里功课好，又是方丈的儿子，所以没人认为他懦弱。恨他的孩子却说："龙华寺的藤本像没蒸透的年糕一样，外面软，里面硬。"

十

庙会那天晚上，信如有事上田街姐姐那儿去，很晚才回来。他做梦也没想到笔店发生的事。第二天，从丑松、文治等小伴嘴里听到如此这般的情形，才惊异长吉竟然这样的蛮横。可是，事情已经闹了出来，再骂他来不及了。他只怨长吉用了他的名字去打架，这么一来，自己虽没动手，也等于自己打了他们，一想到那些挨打的人，心里着实过意不过。

长吉可能也暗暗惭愧做错了事，他怕挨骂，一直不敢来找信如。过了三四天，他猜想信如也许消了气，才来向他道歉："信君，你大概生我的气了，可是那天晚上因为大伙的劲头太大了，才打过了火，原谅我吧。我怎么知道他们里面没有正太呢？谁愿意把那个黄毛丫头当对手，在她面前打三五郎呀。可是既然举着大灯笼打进去了，又怎么能悄悄退出来？为了撑撑面子，才做了那件无聊的事，这都是我的不是。没听你的话，这当然是我不对。可是如果你也生我的气，那我可没有站脚的地方啦。因为有你撑腰，我才像有了靠山，要是你也不理我，我可怎么办！我诚心求你，愿意也罢，不愿意也罢，还是当咱们这组的头儿吧。今后你也不至于再闹笑话了。"

信如看长吉难为情地赔罪的样子，不好意思拒绝他，就说："唉，没法子，要干就干到底吧！可是，和三五郎、美登利他们打架有什么用呢？欺侮弱小的人是咱们的耻辱哩。要是正太有了帮凶来打咱们，咱们就跟他们干一仗。要不，千万不要由咱们这边挑战了。"信如这样劝了又劝，并没有怎样骂长吉，只是心里希望着：不要再打架了。

最可怜的是小胡同的三五郎，受了人家一顿毒打狠踢，好几天浑身痛得连走路也不方便，晚上他把爹的空车送到五十轩的菜馆子去的时候，连认识他的大师傅看见都问："怎么啦，阿三，你一点劲儿都没有啊！"

三五郎的爹外号叫"哈腰老铁"。对上边的人从来没有抬过头，花街内的老爷们不必说，就是房东和地主们，不管他们说的话对也罢，不对也罢，他从来也没说过一个"不"字。要是三五郎告诉爹："长吉打了我，你瞧把我打成了这个样子。"他准会说："那有什么法子呀，他是房东少爷嘛。不管他对不对，你不该和他打架，赶快上他家去道歉吧，啊，去呀！你这浑蛋，怎么这么不懂事！"三五郎挨了一顿骂，还要被逼着去给长吉赔罪，因此他不得不把满肚子的怨气闷起来，一声也不敢吭，过了十来天，他身上一不痛，就把这顿打忘个一干二净，为了得两分钱的工钱，就又高高兴兴地替房东带孩子，背着娃娃晃来晃去，嘴里唱着："宝宝睡觉吧……"三五郎今年十六岁，一般说来正是爱体面的时候，他这么大的个子背个小娃娃，却一点儿也不觉得难为情，有时候若无其事地跑到大街上去，总不免被美登利、正太郎他们取笑一阵：“你到底有没有志气呀？”可是，他们仍然把他算在同伴里。

从观赏夜樱[1]的热闹的春天开始，经过挂灯笼悼念玉菊[2]的季节，一直到演仁和贺戏的初秋，单在这条街上，十分钟工夫就要走过七十五辆洋车。不知不觉地打发走第二次演仁和贺戏的季节之后，红蜻蜓就在地里飞舞，花街水沟的旁边又传来了鹌鹑的叫声。从这时候起，早晚就吹来瑟瑟的秋风，怀炉炭也代替了上清店的蚊烟香。石桥附近田村商号磨粉的声音，都仿佛带着一缕缕的哀愁。在花街拐角，海老妓楼的大时钟的响声，也缓缓地传出了凄凉的调子。日暮里[3]发出长年不熄的火光，人们一想到那里烧骨的烟，

---

1 每年三月，在吉原花街里仲之街一带的街道上种樱花树，晚间点灯笼供人观赏。人们将三月夜樱、七月玉菊灯笼、八月仁和贺戏称为吉原花街的三大景物。

2 玉菊是日本江户时代末期享名一时的吉原红妓女。吉原的妓院和馆子为了纪念她，每年盂兰节时在花街内挂各种各样的灯笼，供人观赏。

3 日暮里在东京市郊，有火葬场。

就会感到无限凄凉；走过堤坝旁的小径时，馆子后楼传来哀怨的三弦声，使人不禁停住脚步，抬头倾听。原来是仲之街的艺伎在施展她的妙技，唱着：

蒙你垂怜，同衾枕……

这样很平常的歌曲，也不知道为什么使人感到深深的悲哀。有个妓女出身的女人说，从这个季节开始，到妓馆来的客人，就不像那些拈花惹草的浪子，而是一往情深的诚实人了。内中情节也不用细写了。

大音寺前大街有个靠按摩过活的二十岁左右的瞎姑娘，害单相思而怨恨自己的残废，投入水谷池死去。这时候的大音寺前大街除此以外再没有别的什么新闻了。最近蔬菜铺的吉五郎和木匠太吉突然失了踪，有人问起来，回答的人就用手指往自己的鼻子上一指说："为了这件事情蹲在里面哩！"[1]以后也就没人再提他们了。三四个天真的孩子在大街上牵着手无

1 这句话的意思是因打花纸牌赌钱被捕了。日语花纸牌的花与鼻子同音，故用这种手势来表达。

心地唱着："开呀，开呀，什么花开呀……"看来一切都寂静得多了。只有那往花街去的洋车声，仍然有力地传了过来。

一个降着秋雨的寂寞的晚上，绵绵细雨突然变成急促的骤雨，雨点像瓢泼似的打着地面。笔店老板娘因为生意并不要过路人照顾，一到掌灯时候就关上了门。聚在店里的照例是美登利和正太郎，还有两三个孩子，大家在一块儿做弹扁螺壳的游戏。美登利突然抬头听了一下："呀，好像什么人来买东西了，我听见有人踏沟板呢！"

正在一二三地数扁螺壳的正太郎，一听就停住手，高兴地说："是吗？我怎么一点都没听见，可能是咱们的伙伴来了。"

可是，走到了门口的脚步声忽然又听不见了，以后再也没听到什么动静。

十一

正太郎打开耳门，喊了一声："喂！"探出头一看，在隔着两三家的屋檐下，有个人正慢慢地朝前走去。正太郎一面大声喊："喂，谁呀？进来吧！"一面拖着美登利的高齿木屐，不顾下雨就想跑出去，但又说了一声："唉！原来是那家伙！"就回过头说，"美登利姑娘，叫他也不会来的，是他呀！"说着用手在自己脑袋上作个圆形给她瞧。

"是信哥吗？"美登利问了一声，接着说，"那个和尚可讨厌哩！准是来买毛笔什么的，看咱们在里面，他在外头悄悄听一下就回去了。真是个大浑蛋，乖僻的性子，阴阳怪气的别扭人，结巴小子，缺牙齿，死讨厌的家伙！他要是进来，咱们就好好地折磨他一下！可惜他回去了。阿正，把木屐借给我，让我瞧瞧他。"美登利代替正太郎伸出头去。这时候有颗水珠从屋檐上滴下来，恰恰打在美登利的额发上。"哎呀，不好受！"美登利缩了缩脖子，呆呆地目送着在隔四五家的煤气灯下打着大雨伞、微低着头慢慢走去的信如，很久，很久没回过头来。

"美登利姑娘，怎么啦？"正太郎莫名其妙，把美登利推了一下。

"没什么。"美登利无精打采地回答，就回到屋里来重新数着扁螺壳，嘴里又骂着，"真是讨厌的小和尚！他那胆小鬼不敢当别人的面逞能，表面上摆着一副温和相，古里古怪的脾气，实在太可恶了。我娘说嘴快的人都是直性子的好人，信如那样阴沉，一定不是好人。是不是，阿正，你说呢？”美登利这样一再说信如的坏话。

正太郎却老气横秋地模仿大人的口吻说：“龙华寺那个家伙还懂点道理哪，可是那个长吉，这可……”

“得了，阿正！小孩子学大人似的，真太可笑了，你这个人真滑稽！”美登利用指头戳戳正太郎的脸颊说，“瞧你这副正经相！”她一面说一面笑得喘不过气来。

“笑什么，过几年我也会变成大人呀！到那时候，我就会像蒲田屋的老板那样穿上大袖子外套，再跟奶奶把那块替我收着的金怀表要来，戴上金戒指，还要吸烟卷；脚上穿什么好呢？我不喜欢木屐，喜欢雪驮，再做双三层底、闪缎趾襻儿的雪驮得了。这一身打扮一定配得很好看吧？”

美登利一听，一面吃吃笑，一面挖苦他说：“小矮子要穿大袖子外套，要穿雪驮，哎呀呀，真不知道会多好看哪！好像方眼药瓶子走路似的。”

“别瞎扯，到那时候我也长高啦，不能一辈子这么矮的。”正太郎蛮有把握地说。

“天晓得要等几年！瞧，天花板里的老鼠正笑你哪！”美登利用手指着天花板说。老板娘和其他的孩子们都哈哈大笑起来。正太郎还是满脸正经，滴溜儿滴溜儿地转动着大黑眼珠说：

“美登利姑娘，你以为我是开玩笑吗？可是，没有一个小孩儿将来不变大人哪。我说的有什么好笑呢？到那时候，我呀，要娶一个漂亮的媳妇，带她出来溜达溜达。不管怎么样，我只喜欢好看的。要是奶奶给我娶个像烤饼铺的大麻子阿福和劈柴铺的锛儿头那样的媳妇，我马上就把她赶出去，不准她进门。我最不喜欢有麻子和害湿疮的女人！”最后这句话，正太郎是特别加重语气说的。

老板娘忍不住扑哧一笑：“那么，你怎么还上我店里来玩呢？你没看见我脸上也有麻子吗？”

“不，你是上了岁数的，我说的是媳妇。上了岁数的人，我不管。”

“哎呀，算我说错了，”老板娘觉得很好笑，就开着玩笑道，“在这大街上，长得漂亮的有鲜花铺的阿六姑娘和水果铺的喜姑娘。不过，比她们还要漂亮的，就是坐在你身旁的那位姑娘。你打算娶哪个呢？你是喜欢阿六姑娘那一双杏眼呢，还是喜姑娘唱《清元》[1]的嗓子？到底是哪一个？”

“谁喜欢阿六、阿喜那些人，她们有什么好！”正太郎红着脸说，他把身子从吊灯下往后挪一挪，退到墙壁跟前去了。

“那么，你只喜欢美登利姑娘了，已经决定了吗？”

“谁知道这些事！谁知道！”正太郎被老板娘猜中了，转过身去背向着她，脸对着墙壁，用手弹着墙腰糊纸，小声唱起歌来：

转吧，转吧，
水车转吧……

美登利把大家的扁螺壳集在一起说：“咱们从头儿再来！”这一个倒是连脸颊也没红。

1　一种小曲，音节清婉。

十二

信如每回上田街，总喜欢走堤坝旁边的那条近路。当然不走这条路也行，但在这堤坝前面有一扇小小的格子门，院子里陈设着鞍马石[1]造的灯笼，胡枝子编的袖篱很可爱，屋檐下卷着帘子的模样也令人神往，仿佛当年按察使的夫人[2]正在中间嵌了玻璃的纸门里捻着念珠，头发披在双肩上的“若紫”[3]会从里面飘然走出来似的，这儿就是大黑屋的别院。

现在正是秋尽冬来的时候，从昨天起，绵绵的细雨就下个不停。信如的娘做完了田街的女儿请她缝的小袄，做娘的心里就愿意赶快让姑娘穿上，就吩咐信如说：“在上学以前把这件小袄送到你姐姐那儿去吧！阿花一定等着穿呢。”

---

1 鞍马是地名，以出产庭石出名，鞍马石属于闪绿岩。

2 日本古典文学《源氏物语》中的故事，按察使夫人在丈夫死后剃发入了佛门，带着外孙女“若紫”住在别墅里。

3 《源氏物语》中美貌的女主角“紫之君”的幼名。当她在别墅里玩耍时被小说中的男主角皇子源氏光君所窥见。她的美貌使源氏感到震惊，后来把她夺去，扶为夫人。

信如是万事顺从娘的温顺的孩子，他只“是是”地答应着，就手挟着包袱，匆匆忙忙地拖着小仓灰布趾襻儿、朴木齿的木屐，撑着雨伞出了门；从黑浆沟旁边拐了弯，顺着经常走的那条小路走去。刚刚走到大黑屋前面时，不凑巧突然刮来了一阵狂风，信如的伞像被什么东西抓住，拉着他要腾空飞去似的。信如吓得拼命把脚站稳，这时候他以为挺结实的木屐趾襻儿断了，比起伞来还更要紧些。

他窘得咂咂嘴，有什么法子呢，只好把雨伞靠在大黑屋门边，蹲在屋檐下，一面避雨，一面修理趾襻儿。可是，佛门少爷哪会做这种事呢，他心里干着急，两手偏不听使唤，弄了半天还是弄不好。信如又急又生气，从袖子里掏出一张作文用的白纸，把它撕成一条条的来捻纸绳。这时候，仿佛故意和信如为难似的，又刮来了一阵狂风，靠门放着的雨伞就自个跑了起来。“这家伙真可恶！”信如骂了一句，伸手想抓住雨伞，不料放在膝上的包袱反而掉进泥里，袖子也弄脏了。

下雨没伞，又弄断了木屐趾襻儿，这两件事都是值得令人同情的。美登利在纸门里隔着玻璃远远望见这情形，就对娘说：“唉，那个人的趾襻儿断了。娘，我给他送点布去行不行？”问罢就从放针线的小匣里找出一小条友禅绉绸，急忙穿上院子里的木屐，拿起放在廊檐上的一把洋伞，还不等撑开就踏着庭石，匆匆地向前跑去。一看那人，美登利的脸顿时就红了，好像遇到什么不平常的事似的，她的心突突地跳了起来。她怕被人瞧见，怯生生地看看后面，一步一步走近了格子门。信如回头一瞧，也是一言不发，出了一身冷汗，恨不得马上光着脚跑开。

要是照美登利平常的脾气，她一定指着信如的狼狈相说：“瞧，瞧，这个大傻瓜呀！”直到笑得弯了腰，然后再尽量地骂他一顿，“你这个人太卑鄙了，庙会那晚上，你借口报复阿正，叫一群浑蛋在我们玩的时候来捣乱，打了没罪的三五郎，自己倒躲在后面摇着鹅毛扇哩。喂，老老实实向我赔罪吧！谁不知道你借长吉的嘴骂我婊子，婊子又怎样，我也不会向你要一粒沙子。我有爹，有娘，还有大黑屋老板和姐姐，我才不会让酒肉和尚来照顾呢！你凭什么骂我是婊子？有话就该当面讲，别在背后骂，我随时都准备当你的对手哪！”美登利原是应该捉住信如的袖子，气势汹汹地用这些话质问他的。可是现在她却一声不响地躲在门后，也不见她扭头就走，只是犹豫不定地呆呆站着，心里扑通扑通乱跳，真不像平日的美登利了。

十三

信如走到这儿的时候，一想这是大黑屋门前，心里就不由得害怕起来，恨不得马上头也不回，加快脚步走过去。可是说来也真太不凑巧了，这时候偏偏下了雨，刮了风，他又偏偏在这儿踩断了木屐趾襻儿，因此他就不得不蹲在大黑屋前捻起纸绳来。难道还有比这更难挨的吗？不但如此，后面偏偏又传来踏庭石的脚步声，他虽然没有回头去看，但这除了美登利还能有谁呢？信如好像从头上浇下来一盆凉水，浑身打着哆嗦，脸也变得苍白了。尽管背着脸装作专心修理趾襻儿的样子。但他早已急得没了主意，越着急越弄不好，弄了半天还是枉然。

站在院子里的美登利伸出头来偷看信如的那个样子，心里比他还要着急：唉，手那么笨，怎么能修得好呢！纸绳捻得一点也不紧，用稻草卡住趾襻儿有什么用，马上又要断了。唉唉，外褂下摆在地上拖脏了也不知道吗？哎呀，雨伞又给风吹跑了，应该先把它收起来呀！她觉得信如的每一个动作都笨得要命，可又不敢对他说："我这儿有绸条，你用这个来做趾襻儿吧！"她只是待在那儿，也不管身上被雨淋湿了，一直那么半藏着身子，怯生生地望着信如。

美登利的娘哪儿知道姑娘的心，只是在屋里大声地喊着美登利："熨斗的火生好了，美登利你干什么呢？下雨天可不准你在外面玩！又像上回那样受了凉可怎么办？"

美登利大声答应："知道了，我就来！"但马上觉得信如一定会听见了，两颊不由得发起烧来，心又扑通扑通地跳了起来。开开门吧，难为情；不理他，回家吧，心又不忍。美登利想来想去，不知道怎么办才好，最后想出一个办法，从格子门的空隙里一声不响地把绸条丢给他。信如却连头也不回，装作没有看见的样子。"这个人还是这样，心太狠了！"美登利一想，心里就不禁一阵难过，怅然望着信如的背影，泪珠已经挂在眼角，她又继续想下去，"你究竟为什么这样恨我，总摆出无情的样子来给我看呢？按理说，应该由我来恨你，你这个人的心实在太狠了！”美登利心一酸，差点儿要流下泪来。她的娘还是一声接一声地喊着女儿。美登利此刻听到这喊声格外觉得心烦，可是没有法子，只好一步两步地往回走，心想：“算了，算了，死了心不就完了嘛！我这个人是怎么回事？别人瞧见又是什么样儿呢，怪害臊的！”美登利想到这儿，就一转身踏着庭石，咔嗒咔嗒地往回跑去。

这时候信如惆怅地回头一看，自己的脚旁落下一块红友禅绸条，像是一片美丽的红叶一样，已经被雨水打湿了。信如心里不禁一动，不知怎的一阵无名的哀愁忽然涌上了心头，他只是呆呆地望着绸条，也没有把它拾起来。他知道自己笨手笨脚，不知道究竟什么时候才能把木屐修好，因此他终于死了心，把外褂上的长带子解下来。现在他也顾不得难看了，就把脚板和木屐胡捆在一起，抬起脚试了一试。哎呀，真别扭！一想到要穿这种木屐到田街去，他就为难起来，可是除此之外又有什么办法呢？于是他只好站起身来，把小包袱夹在腋下走了两步，刚离开大黑屋门口，那红友禅绸条又映入他的眼里。他依依不舍地望着绸条。他望得简直出了神了，这时候忽然听见有人吆唤：

“信君！你怎么啦？是木屐的趾襻儿断了吗？这是什么样儿呀，怪难看的！”

信如吃惊地抬起头来，一看原来是那个小霸王长吉。他大概是从花街回来的：夏衣上套了一件唐栈衣，照例把橘色的三尺带子系在腰下，还穿了一件黑八丈衣领的崭新的外褂，手里掌着印了字号的雨伞，连高木屐的皮盖[1]恐怕也是今天才换的，漆的颜色倒挺新鲜，看他那样子对今天自己的这一身打扮好像很得意呢。

“我弄断了趾襻儿，不知道怎么办才好，正在伤脑筋呢。”信如一见长吉，不觉吐出没志气的话来。

“还是我猜对了吧，你哪会修理趾襻儿，就穿我的吧，我的趾襻儿挺结实的。”

“那你怎么办？”

“我吗？光脚打惯了，瞧，就是这样儿！”长吉

1　日本人在下雨时嵌在高木屐前端的皮盖。

一面说，一面匆忙地把夏衣下摆往上一撩，夹在腰带里，又说，“这比穿用绳子捆着的木屐走路痛快多啦！”说着就脱下了脚上的木屐。

“你真的光着脚回去吗？那怎么行！”信如过意不去地说。

“怕啥！我走惯了，可是你的脚板底太嫩，不能走石子路，别推三推四的啦，快点穿吧，穿呀！”长吉亲自把自己的木屐摆在信如的脚前。被大家当作瘟神似的憎恶着的长吉，对待信如却是又温和又亲切。他那蠕动着毛虫般的粗眉毛、用仁慈的口吻说话的样子，实在让人觉得太好笑了。

“你的木屐嘛，我给你带回去，丢在厨房里就得了吧。快穿呀，把你的给我！”长吉这样细心地照顾信如，最后拾起信如的断了趾襻儿的木屐说：“那么，信君，你去吧！回头在学校里见！”

于是，信如上田街姐姐家，长吉回自己的家，各自往相反的方向走去；只有那块红友禅绸条，把人的哀怨留在上面，孤单单地躺在格子门外的泥地里。

十四

今年冬月有三个酉日[1]，“二酉”庙会虽因下雨没举行，但“三酉”前后几天倒是好天气。大鸟神社附近人山人海，小伙子们借口参拜神社，从健康检查所的大门成群结队地冲进花街里来，花街里每条胡同都被他们的纷扰喧闹声震动得几乎要“天崩地裂”了。仲之街拥挤得已经分辨不出东南西北了，可是人群还是络绎不绝地从角街、京街的吊桥拥进来，有的“嗨呀，嗨呀，嗨呀！”地模仿摇快船的船夫的吆喝声。此外，还有从河边的小妓馆门前传来的宛如百鸟鸣啭的拉客娇声和大妓楼上的弦歌声。凡是听过的人是永远不能忘掉的。

这天，正太郎得到奶奶的准许不去收利钱，忙着去看了三五郎摆的卖白薯的摊子，又去探望元宵铺的傻子摆的不会应酬客人的豆沙汤摊子：“喂，生意好吗？”

1　每年冬月酉日，各大鸟神社均举行庙会。而且从头一个酉日起，在冬月里有几个酉日就举行几次庙会，依次称为“一酉”“二酉”“三酉”。

傻子一看见就拉着他说："呀，正君，你来得正好！豆沙卖光了，没东西可卖了。小豆煮倒是煮上了，可是来不及呀！咱可不能叫人家什么也吃不到就回去呀！"

"傻瓜！你没看见大锅边上粘着那么多豆沙吗？把它用开水一冲，多加点儿白糖，这不就能应付十个、二十个买主了吗？家家都用这办法，并不止你们一家，现在这乱糟糟的时候谁还管好坏。来！来！"正太郎一面说，一面亲自把白糖罐拉过来。

瞎了一只眼的傻子娘大吃一惊，不停嘴地夸奖着："这孩子真是天生的生意人哪，竟这么聪明！"

"这有什么聪明，刚才小胡同的'吹潮'豆沙汤铺子也没有豆沙了，我看他们就往大锅里冲开水，这法子不是我发明的。"正太郎向她解释，又问傻子，"你知道美登利姑娘在哪儿吗？我一早就到处找她，可哪儿也没有。笔店老板娘也说没来过，大概上她姐姐那儿去了吧？"

"嗯嗯，美登利姑娘吗？她刚走过这儿，从扬屋街的吊桥上花街去了。正君，真了不得呀！今天她呀，脑袋像这个样儿，梳了个岛田髻……"傻子一面打手势，在自己头上比个怪样子，一面擦着鼻涕说："唉，那个丫头呀，真漂亮！"

"比大卷姐姐还好看。可是，将来她要是当了窑姐儿，实在太可怜啦！"正太郎垂下眼皮说。

"这不更好吗？要是她成了窑姐儿，我呀，明年就要搞季节生意[1]，赚来许多钱，用这些钱去嫖她！"傻子现出了"傻子"的本色说。

"别胡扯！你去试试，准会碰大钉子的！"

"呀！为什么？为什么？"

"什么也不为，自然有原因！"正太郎微红了脸笑着说，"我去走走再来吧。"他说罢就跑出去，用发颤的声音低吟着花街最近流行的小调：

奴家十六深闺女，
爹娘把奴当宝珠，
比作蝴蝶比作花，
……

1 适合季节的取巧生意，例如夏天开冰店、中秋卖月饼等。

又反复地吟着：

如今卖到青楼里，
日夜暗擦辛酸泪！

他拖着雪驮的响声混进兴高采烈的人群里，小小的身子立即不见了。

正太郎挤来挤去，不由自主地挤到花街的拐角来。这时候他看见一个姑娘和妓楼娘姨阿妻牵着手，一面说话，一面迎面走来。正太郎定睛一望，原来是大黑屋的美登利。正如傻子所说，美登利今天娇羞地梳了艳丽的大岛田髻，在发髻中间松松地结了一条梳结棉髻[1]时用的花绉绸带，在髻根旁插一支玳瑁簪子，闪烁着带穗的花簪。她那羞答答地走来的样儿，比平常要漂亮好几倍，正太郎觉得她那风姿恰像京都制的颜色灿烂的泥美人似的，他看呆了，没来得及叫一声，也没像平常那样跑去拉住她，只是目不转睛地望着。

---

1 日本姑娘常梳的头，式样和岛田髻相似，但发髻比岛田髻低。

美登利看见正太郎，喊了声："阿正，是你吗？"就跑到他跟前来，回头对阿妻说，"阿妻姨，你不是还要买东西吗？咱们在这儿分手得了，我和他一道回家了。再见吧！"说着，向她点了点头。

"哎呀，美姑娘，你太势利了，现在又不要我送你啦！那么我上京街买东西去了。"阿妻说完就快步走进尽是下等妓楼的小胡同去了。

正太郎这时候才拉拉美登利的袖子说："真漂亮！你什么时候梳的？今天早上还是昨天？为什么不早让我瞧瞧呢？"他埋怨似的向她撒着娇。

美登利垂头丧气，隔了半天才用委屈的口吻说："今天早上在姐姐房里梳的。你不知道，唉，我是多么不愿意呀！"美登利说完，就深深地垂下头来。看她那样子，连被过路的人瞧见都难为情似的。

十五

美登利身上有了不可告人的事，又愁又羞，一听有人说她好看，就疑心是在嘲笑她，过路人因为羡慕她的岛田髻，回头瞧瞧她，就以为是在耻笑她，她对正太郎说："阿正，我要回家啦！"

"今天你怎么不玩呢？是挨了骂吗？要不就是和大卷姐姐吵架了吧？"正太郎天真地问。美登利被他这么一问，不知道怎样回答他才好，只是脸上一阵阵地发红。当他们双双走过傻子的豆沙汤摊子前面时，傻子在里面怪声怪气地喊了一声："嘿！多亲热呀！"

美登利顿时哭丧着脸说："阿正，你别跟我走了！"就丢下正太郎，自己迈开大步往前走去。出乎正太郎意料，本来两人早就约好，今天一块儿去参拜大鸟神社的，为什么她又变了卦，直往家跑呢？

"你干吗不跟我去？干吗要回家？你太不讲理啦！"正太郎用平常那种撒娇的口吻说。美登利理都没理，还是往相反的方向走。正太郎虽然摸不着头脑，但总觉得美登利今天有点怪，不由得发了一阵呆，随即又追上去，紧紧拉住她的袖子问：

"美登利姑娘，你怎么啦？"

美登利还是那么红着脸，只说："没什么！"但是从她的声调听来，一定是有理由的。

一到别院门口，美登利一句话也没说就一直往里跑去。正太郎因为这儿是常来的地方，不需要客气，也跟着她从廊檐悄悄走进屋里去了。

美登利娘一见他来，就高兴地说："呀，阿正，你来得正好，美登利从早上起一直闹脾气，大伙儿对她一点办法也没有。好孩子，你陪她玩一会儿吧。"

正太郎摆出一副大人般的正经相，恭敬地问："是不舒服吗？"

"不……"美登利娘脸上浮着奇怪的微笑说，"过几天就会好的。我这姑娘太任性，平常老和你们吵架吧？这位小姐呀，谁也拿她没有办法哩！"娘回头一瞧，美登利不知什么时候把被褥搬到小房间里来，解下带子，脱下上衣，脸朝下躺在褥子上，一声不响。

正太郎怯生生地走近枕边："美登利姑娘，你怎么啦？是生病了吗？不舒服吗？到底是怎么回事？"他不敢再靠近她，只是把双手放在膝上，心里在干着急。美登利还是不作声，只见她用袖子掩着脸，低声啜泣起来。她那因为还没有梳惯岛田髻而垂到前额上来的短前发也被泪水弄湿了。正太郎虽然模糊地感到这里面一定有原因，但他究竟还是个小孩儿，不知道怎样安慰她才好，心里又惶惑，又纷乱。

"你到底是怎么回事呀？都把我弄糊涂啦。我也没什么事惹你生气，你为什么生这么大的气？”正太郎探头望着美登利的脸说，他的脸上露出无可奈何的神情。

美登利擦了眼泪说：“阿正，我不是生你气。”

“那么为什么这样呢？”

美登利被他这么一问，又不知道怎么回答了。这本来是女孩子家身上的事，怎么能讲给别人听呢？怪害臊的呀。她还没有开口，脸又红了。美登利半晌一句话也不说，心里慢慢感觉到寂寞凄凉。真是，昨天她还不知道女孩子竟有这种事呢。她想：要是能够，最好关在一间晦暗的屋里不出去，不和人说话，也不让别人瞧见我，随自己的性子过日子。这样，即使遇到这种愁人的事，别人也不会来问长问短，自己也就不用这么烦恼了。唉！要是一辈子做小孩子，拿洋娃娃和纸娃娃做朋友，做菜做饭，过家家玩，那该有多好呀！真讨厌！烦死了！我可不愿意变成大人，人为什么要长大呢？再回到七个月、十个月、一年以前的美登利吧！美登利好像是个老年人似的这样想着，连正太郎在旁边她也觉得讨厌，只要正太郎一开口她就马上抢白回去，全不像平常的她了。

她用嫌恶的口吻说：“你给我回去吧，阿正！求求你，马上给我回去！你在这儿我就要死了，你和我说话我就头痛，和你说话我就发晕，什么人我都不愿意瞧，你给我回去呀！”

正太郎莫名其妙，仿佛在茫茫的浓雾中迷失了方向似的，不知道如何是好，只说：“你今天真有点不对头，说话一点来由都没有。你这个人真怪！”他虽然装作镇静，但他本是个心软的孩子，眼中早已汪汪地噙着泪水了。

美登利哪管这些，还是毫不客气地说：“你马上给我回去呀！要是你不回去，我不再把你当作朋友啦，死讨厌的阿正！”

正太郎陡地站起来：“我回去就是啦！打扰了你半天，可真对不起！”他也不和在浴室看洗澡水的美登利娘打招呼，头也不回地从院子里跑了出去。

十六

正太郎不要命地住前跑，一推一挤地从人群中穿过，一口气跑到笔店门前来，跳进店里去。这时候，三五郎已经收了摊子，带着弟弟妹妹们，正在笔店里高高兴兴地用手弄响肚兜里的铜板，做出大哥的神气说："你们要什么尽管说！大哥给你们买！"刚好这时候正太郎跑来了，他乐得赶忙拉住说："呀，正君！我刚才到处找你没找着。今天我挣了不少钱哩，你想吃什么？我请客！"

"胡说八道！我才不要你请客哪，闭嘴吧，哼，别太神气啦！"正太郎没头没脑地发了一顿脾气，随即又悄然说，"我哪有心吃东西！"

"什么？什么？有人跟你打架了吗？"三五郎把吃了一半的豆沙面包放进怀里，气势汹汹地说，"对手是谁，是龙华寺，还是长吉？在哪儿打的，是花街里面吗，神社前面吗？这回可和上回庙会的时候不同哩，如果不受他们的偷袭，我是不会吃败仗的。我帮你！当前锋！正君，大着胆子好好跟他们比比高低呀！"三五郎拼命给正太郎打气。

"你这家伙还没搞清楚就嚷嚷什么呀！谁说打架了？……"正太郎说到这儿就闭上了嘴，他怎么好说自己和美登利怄了气呢？

"不是打架吗？我看你方才跳进店里来脸色都变

了，以为你一定打了架。可是，正君，今天要不打，以后再也不能跟他们打了。长吉那个小子快少一只胳膊啦！”

“什么？长吉为什么要少一只胳膊？”

“你不知道吗？我是刚听龙华寺方丈太太和我爹谈的。听说信君要到什么地方去进和尚学校。要是穿上了法衣，他也就没法再和咱们打架啦。你说他怎么好意思卷起那又长又轻的袖子打架呢？这么一来，从明年起，小胡同和大街的孩子都要变成你的手下啦！”

“得了！你赚了两个铜板，马上就成了长吉那组的人了。就是有一百个像你这样的手下，我也不会觉得高兴哩。我不要什么人帮忙，想单独和龙华寺比个高低，可是他如果出门了，那再也没法找他啦。藤本不是说明年毕业以后才进和尚学校的吗？为什么现在就要去呢？那个家伙专门跟我捣乱！”正太郎咂着嘴说，但他并没把这件事放在心上，心里还惦着美登利。正太郎连唱歌的兴趣也没有了，因为自己有了心事，尽管大街上人山人海，也不觉得热闹，心里真有说不出的凄凉，从掌灯时候起一直待在笔店里，独自叹息：今天这个酉日真倒霉！

美登利从这天起好像换了一个人，除了有事上花街的姐姐那儿去以外，再不到街上来玩了。小伙伴们觉得无聊，再三去找她，她每次都答应一会儿来，却总也没出来。连对从前那么要好的正太郎，现在也不怎么理了，见人总是羞答答的，再看不到她在笔店门前跳舞时的活泼天真的姿态了。有人奇怪，担心她病了，她娘却意味深长地微笑着说："过两天就会露出顽皮的本性啦，现在是暂时休息哩！"

不知道底细的人哪能猜到这个谜呢？有的称赞说："那个孩子也有了大姑娘的风度，斯文多了。"有的却惋惜地说："那么好玩的姑娘，现在变得呆板了。"

大街和小胡同好像灭了灯火，骤然寂静了许多，再也听不到正太郎得意的嗓音了。每天，当夜色笼罩了四周的时候，人们一定会看见有一个小小的孤影提着一盏弓形灯笼[1]，冷冷清清地走过堤坝。那就是替奶奶去收利钱的正太郎。只有偶尔陪伴他的三五郎滑

1　用弯成弓形的竹架做的一种灯笼。

稽的谈笑声，仍旧是那样诙谐有趣。

龙华寺的信如为了钻研本派的教义将要出门上学的消息，一直没有传到美登利的耳里。她把以往的怨恨封在心里，这几天为了那愁人的事始终心神恍惚，一味地害羞。在一个下霜的寒冷的早晨，不知什么人把一朵纸水仙花丢进大黑屋别院的格子门里。虽然猜不出是谁丢的，但美登利却怀着不胜依恋的心情把它插在错花槅子上的小花瓶里，独自欣赏它那寂寞而清秀的姿态。日后她无意中听说：在她拾花的第二天，信如为了求学穿上了法衣，离开寺院出门去了。

图书在版编目（CIP）数据

比肩 /（日）樋口一叶著 ；（日）萧萧译 ；文洁若主编. — 北京 ：文化发展出版社，2024.5
ISBN 978-7-5142-4357-4

Ⅰ. ①比… Ⅱ. ①樋… ②萧… ③文… Ⅲ. ①中篇小说－小说集－日本－现代②短篇小说－小说集－日本－现代 Ⅳ. ①I313.45

中国国家版本馆CIP数据核字(2024)第106230号

比肩

著　　者：[日]樋口一叶
译　　者：[日]萧　萧
主　　编：文洁若

出 版 人：宋　娜　　责任印制：杨　骏
责任编辑：孙豆豆　　责任校对：岳智勇　马　瑶
特约编辑：陈理理　　封面设计：李果果
出版发行：文化发展出版社（北京市翠微路2号 邮编：100036）
网　　址：www.wenhuafazhan.com
经　　销：全国新华书店
印　　刷：河北朗祥印刷有限公司

开　　本：787mm×1092mm　1/32
字　　数：93千字
印　　张：9
版　　次：2024年7月第1版
印　　次：2024年7月第1次印刷

定　　价：77.00元
I S B N：978-7-5142-4357-4

◆ 如有印装质量问题，请电话联系：010-68567015